INK
文學叢書
075

擦身而過

莫非◎著

目次

輯三
停格的愛情

輯四
收在記憶盒子裡

輯五

擦身而過的 是人生

自序

莫非

余秋雨曾在《文化苦旅》一書中，說在異鄉經過語言轉換，很快就造就出一批斬斷根脈的「抽象人」。

我，很不幸地，就曾是一個他所說的「抽象人」。

在那一段懵懂漂泊的小留學生日子裡，沒有一熟練語言可抒發、整理與詮釋，生命中種種發生全流入無形大海，隨風四散。能不抽象，也難。

久而久之，一種窒息感由裡生出。那是種即將滅頂的恐懼，一片漆黑，什麼都無形無狀。整個人似蒸發於空氣之中。存在？還是不存在？我常問自己。

所以不同於別的海外作家，我之提筆不爲鄉愁，乃爲求生，爲探索一安身立命的宇宙。我需要用書寫，來爲那一片漆黑的生命底片不斷顯影。

然而既然一開始提筆，便已年近中年，可以想見我前半生，是處於一種純然無寫作意識的眼光中，對發生之種種涉獵、儲存，再在記憶深層裡蘊藏成爲一種礦脈。是最原始的純色，深埋歲月塵土之中。而我毫無所覺。

文字書寫確是一種開啓經驗。好像一根悠長釣線，由記憶之湖拉出一尾又一尾生猛的魚。亦如一把十字鎬，一鎬、一鎬，逐漸挖露一些深埋心中的影兒。

若說遺忘，是對記憶之背叛。許多人原本在我生命中，早已湮埋一如古物。對這些曾邂逅過的生命，轉頭，即忘。愈無意無心，愈顯背叛得厲害。基督教裡有一「神聖相遇(Divine Encounter)」之說，意即每一出現生命中之人，都是上帝置入與我們相遇之人，帶有神祕訊息，可爲我們揭露一些神聖奧祕，或讓我們一窺生命之幽微。

但正如許多生命經驗，當即，往往懵懂。回首，方能咀嚼出一點洞察。不論歡喜或悲傷，歲月總會幫我踮上一個高度，望見一些暗角與不同風景。一些細節因而被吹活，一些隱情被揭露。本已擦身而過，現又一一被我喚回，與她或他面對面，我們彼此深深凝視。

此時，書寫是吹入泥土的那一口氣，好像《聖經．以西結書》中所說那一片白骨上吹過的聖靈風，瞬間骨連結骨，長出肉與筋脈，成爲一個個血肉活人。而喚醒的，豈只是擦身而過的生命，亦是自己已逝的歲月。

也可說還魂似的捕捉，是爲了還債。我欠他們一個探討，一個挖掘。因爲不論知或不知，他們已成爲我的生命底蘊，隱隱影響我看自己與看世界的方式。而且雖然一度我活得似個抽象人，但現亦發現，沒有文字的年代也是個必要。它給了我一個距離，是一妥當而必要的生命沉澱。

直至有一天，一個個影子呼之欲出。於是，我提筆「招魂」，開始我們之間的二度「神聖約會」。他們在我生命中的意義，至此，方算達至極致。

輯一 順流 擺盪

折翼的天使

我可以說是在修女群中長大的，初中三年修女學校，高中三年又因至台北求學外宿，寄宿在修女院中三年。整整六年，置身於一群暫時收起翅膀的天使中生活，人不素淨聖潔，也難。

即使多年後我每合眼，回想，仍可望見那一襲永遠潔白無染的白袍，自長廊遠遠行來，似朵深谷裡冉冉現身的百合花。而在那及地白罩袍外，總有一過腰肩披垂下，遮住了所有的高矮胖瘦，當然，也掩過所有屬於女性的各種曲線。她們全身唯一的裝飾，便只有腰上垂下的一串念珠，頂多，有的再加上一個聖像，或幾塊被教宗祝福過的聖牌，那是唯一彰顯個人品味的地方，也算是僅有的個人標記。有時，轉角處一聽到那一掛的聲音，便知是哪個修女正在走來。

再躁熱的暑天下，只要望見那一清如水似的白，心都濾涼，也靜下了。若當你面她轉身離去，薄薄的白頭罩微微一揚，又兜起一股悄然清風。跫音是那樣無聲無息，踩過剛上過蠟的地板，一個腳印也不留下。

她們是與天主訂下婚約，以耶穌爲夫的新娘。被教導自我是神聖、靈魂是罪惡，肉體是天主清潔的器皿，生活中的每一時刻，都是道成肉身的珍貴機會。在那不食人間煙火的青春年齡裡，我特別嚮往她們的玲瓏剔透，不惹塵煙。也因此，當其中一位天使折翼，落回紅世塵埃時，便特別不能想像。

那是多年後我正就讀於研究所的時候，在美國中部一座大學城裡。因需要錢，大學城又小，打工的機會不多，我便只好到學校一實驗室中，做用電腦儀器量細胞尺寸的工作。工作的房間很小，稱「斗室」不爲過。也很單調，四面白牆亮得刺眼，圍著一架沒有表情的電腦，與一疊黑白枯躁的細胞照片。每張照片裡有上百個細胞，我的工作便是用電腦儀器在照片上描畫一個個細胞，每描畫一個，電腦便「嗶！」一聲，表示數據已經存檔，可再描畫下一個。

雇我的是位女老闆，克莉絲博士，五官望來和這斗室裡的陳設差不多，一樣地單調、一樣地無色。雖然有著德裔血統的她，該有的全有，大眼、挺鼻、好輪廓與修長的身材。但不知爲何，我老覺她整個人像一枚失了味的蘋果，總少了些說不清的什麼，是個沒有女人味的女人。不過我想，任何把自己成天埋在細胞堆裡搞研究的人，怕多少都會退化成細胞似的狀態吧！

就這樣，我也跟著「陪葬」。大好的青春陽光，被五斗米壓縮得無色無味。在慘白日光燈下，我和那些無止盡、又全面貌一致的細胞抗戰。斗室外偶傳來的一陣陣笑聲，便特別顯得令人羨慕了。

有一天，笑聲中的一張臉忽探入室內，是張黑裡俏的臉，實驗白袍下是色彩濃豔的大花。黑姑娘友善地自我介紹叫莎麗，然後露出一嘴白牙：「妳要不要看？我們都已傳閱過了！」

「我們」，是指的實驗室裡清一色的娘子軍。而莎麗笑容中有幾分奇怪的曖昧。

「看什麼？」我茫然地問，只覺她暗藏身後的手更添幾分神祕。

她往老闆克莉絲那頭辦公室瞧了兩眼，然後輕聲輕氣踱入，手一伸出，我桌上多了一本《花花女郎》雜誌。匆忙間那令人眼花撩亂的封面，我只看清一留著小鬍、有著小麥顏色肌膚的臉，咧著張大嘴對我笑，笑得我臉頰發熱。至此，來美也六、七年了，還是初次與此類刊物正面相對。

「妳要不要看？」她又再問一次。就在我還三心二意之間，老闆克莉絲忽然在門口出現，莎麗警覺地快手快腳，把雜誌給我塞入抽屜內，然後對我心照不宣地眨眨眼，便轉身而出。

也不知克莉絲看到沒有，即使有，那張水波不興的臉也絲毫看不出。當時面對她那線條簡單的臉，我忽覺心頭燙了塊炭。那反映成千上萬面無表情細胞的臉，此時，刺激著我想另找生命裡的花花色彩，以及所有生命中的聳動與熾熱。

當晚回家，三、兩下便翻完了雜誌，有些興奮，也有些許失望。一份不耐讀的刊物，在準備好大饕的食客前，眞禁不起品嘗。繼而，腦子漸漸冷靜下來後，一些思緒又浮上來。在美國，看這種刊物眞不算回事兒，只是都很私下、很個人，如今帶到上班的地方傳閱，又不是像在高中時，實在是有點蹊蹺。此時，莎麗曖昧的笑臉與克莉絲嚴肅的臉重疊起來，莫非，這中間有什麼故事？

果然，沒多久我便發現克莉絲的祕密。當然，也是莎麗確定讓我知道，克莉絲正是個折翼的天使，一位還俗的修女，而且她已結婚。人有時眞是無聊，對不會喝酒的人，會挑他乾杯，對不善打架的人，則激他決鬥。如今面對一還俗修女的老闆，便在她下面大傳特傳《花花女郎》，希望她有朝一日看到，可如莎麗所說：「歡迎她回到眞實的世界！」人的罪性，可見一斑。

當然，我不能否認，「還俗」是一件很引人生好奇心的事。過去與修女接觸的時候，我最常問的問題便是：「是什麼樣的女人會做修女？」如今自然會想問：「是什麼樣的修女會還俗？」

想想，本來是戴著與基督成婚的婚戒，隱遁在修道院裡，爲她的信仰作一生的見證。如今「毀約」，戒指摘下、白袍褪下進入紅塵，成爲一個被人指指點點的女人，而且是被視爲一無法持守純潔，避開七情慾念的女人。那需要有多大的勇氣？

雖然她也是一尋常人家的女兒，對學問有著高深研究的興趣，也有著正常高低起伏的情緒，過著循規蹈矩的上下班日子，是某人的太太。但在一般人眼中，不管怎樣，她都是從恩典寶座上墮落的天使，是純潔的相反，罪惡的象徵。「還俗修女」，因此代替了她的名姓，成爲她的標誌。

因對修女的好感，有時我會在莎麗那幫人指指點點時，出口幫克莉絲辯：「連結婚的人也會離婚再婚，有什麼奇怪的？」雖然我並不贊成離婚。

「和耶穌離婚？哈！」自然，那又增加她們的笑談內容。人眞是很奇怪，同樣的事，一旦被神職人員犯下，便常更無翻身的餘地。

但克莉絲似乎體會到我的友善。一天，我正在那無聊地畫一個個細胞時，她悄聲進來，拿了份郵購目錄。「莫非！妳能幫我看看哪個顏色好麼？」

郵購目錄中是一個個美麗模特兒，穿著一件件色彩鮮豔時裝的照片。也是此時，我才注意到實驗白袍下的她，其實也是盛妝的。臉上有妝，耳上配戴有耳環，身上白袍下是大方剪裁的套裝。但奇怪地，也和她五官一樣，該有的一樣不缺，卻怎麼看都像個「修女」。是因剪得極短的頭髮麼？是實驗白袍與修女白袍的相似？是臉上不苟言笑的神韻？是……

正在那猜呢，她忽然靦腆地對我說：「當初做修女時，什麼都是配發的，筆、拖鞋、肥皀不是白就是黑，其他有色彩的東西——牙刷、毛巾、毯——又全來自同一地方。因什麼都是『制服』，我早已不知浸在顏色中是什麼感覺了！」

說的也是，難怪穿來穿去都像個「修女」。

漸漸，克莉絲對我愈來愈信任，終於有一天我們談到核心，她為何還俗。

「其實很簡單，當初我太年輕，有一顆單純的心想奉獻。十八歲時進入修道院，一進去便被配發制服、戴頭罩，換下的衣服全交給家人帶回去。家人可以在指定日子來探訪，但幾個月才一次，是為慢慢地與舊有熟悉的世界脫離。然後來信被拆閱，任何外來的音訊被扣下，漸漸地，家人變得愈來愈陌生。感情上又被一再教導要收斂，不能說笑就笑、想哭就哭。所有的個人習慣被剪除，所有的個人特徵被深藏制服下，所有的慾望被操練要克服。然後友善被鼓勵，修女間的友誼則被遏止，怕發展出不健康的依賴共生關係，阻止我們成為屬靈的女人。

「而我年輕、不成熟，自我尚未成形，根本不知自己是誰？關係又被孤立，也缺乏人反映我是誰？生活中常感覺自己是被遺棄，天主的臉對我是隱藏的。自憐，有時成為我強烈的誘惑，使我絕望！

「幾年後我弟弟過世，因不住在家，最後一面也沒見到。我父親又莫名其妙地不告而別遺棄家，好像我生活中所有原來堅定不移的基石都在瓦解。做修女本是一件奉獻的事，但妳認爲一個人可以拿自己沒有的東西來奉獻麼？就像一個窮人說他不在乎錢，一個自卑的人，說他可輕易做到謙卑，放下自我，這都是，都是……」她在找合適的字解釋。

我衝口而出：「中國人說是『打腫臉充胖子』！」

「對，有些像那樣！我勉強把自己埋在教會儀式裡十年，還是逃離不了一些沒有答案的問題。十年後，當我再面對《聖經》裡保羅所說的：『如今活的不再是我，乃是基督。』我必須要問：不再是我的『我』是誰？當我在祭壇前戴上婚戒說『我願意！』的『我』又是誰？那允許殘酷不幸發生在我家的天主，又是誰？所以我退出，是爲要作一段靈魂的搜尋之旅。」

「那結婚呢？」我仍忍不住問。

「哦！那是後來的事了，我們曾是實驗室裡的夥伴。」她淡淡帶過。

原來，還俗不是爲了像莎麗所說的「另結新歡」。奇怪的是，克莉絲線條簡單的臉在講她的信仰之旅時，會忽然變得生動、有神采起來，那朵百合花好似又在她臉上開放了。「所以，妳搜尋到了麼？」我問。

她微微一笑，「我還在聽，我必須分辨裡面的聲音是誰的？」然後她看看錶，指指我桌上的細胞照片，「難爲妳有耐心，那些細胞，看來都差不多是不？但我會爲它們仔細拍照、研究，而它們卻對我的存在無知無覺。我想，這世上，也許有一對顯微鏡後的眼，也在仔細看著我的發展，在乎我的細節，在等我『回家』。我也想聽清楚祂的聲音！」

克莉絲步出斗室許久後，我腦中仍迴盪著她的話。不管她怎麼說還俗，是爲了尋找被修道院剷平的自我身分，她可知現在「還俗修女」，仍成了她最鮮明的身分？而且不論她行事、爲人，或生活，總讓人覺得像有首彌撒曲，在她背景中不斷地演奏再演奏。

是否，一個女人可以脫離修道院，但卻無法使修道院脫離得了女人？

像霍桑在《紅字》裡所說的，人一生中最有色彩的地方，會成爲人性中一種宿命，有命定的力量，給人一種難以抗拒與難以逃避的感情，而逼使人不斷徘徊在那最有色彩的地方。而且色彩愈濃，感情就愈難抗拒。我想克莉絲不管是她的「奉獻」、還是她的「還俗」，都是她深深埋進生活泥土裡的根。而且我認爲是信仰，並非修道院，才是她色彩最濃的地方。

臉孔沉在陽光底下

初識時，我會想到招呼她，是因爲她坐在人群中安安靜靜，像個新人。異鄉裡的大學城常是如此，玩音樂轉椅似的，常轉入一些新的面孔，也轉走一些舊人。而我已在此城待了兩年，也算個「舊人」了，故在這個學校聚會中，自然對此不言不語的人會心生招呼之意。

但走近了，方發現她的面孔只是陌生，卻並不年輕。一副寬邊黑眼鏡掛在鼻梁上，幾乎壓垮了整個五官。鏡片看來尤其厚，像兩塊圓圓厚厚的酒瓶底，直視進去，只望見一雙驚惶失措的大眼不停閃爍，讓人很難捕捉得清她的眼神。

一般來此念研究所的中國女孩，多在二十五歲以下，而她望來，有著我不敢往上猜的年紀，三十？四十？「不再年輕」實是顯而易見的，但若眞要歸咎，我會說是皮膚。因她個頭嬌小，五官也尙未走形，但皮膚卻洩露了她已入中年的可能。雖然，她尙未老到面上起皺，但那種被歲月把絲綢似的細膩摩搓到粗糙、發黯與鬆弛，卻讓人望來心驚。尤其那種過了花時的枯萎，配上一頭花白短髮，又一身黑的洋裝，夾雜在身邊幾張神采飛揚、顏色酡紅的年輕面孔中，特別渙散出一股窒悶的陳味。

「妳——是新來的學生？」我試著招呼地問。

「哦不，我在這學校做事，我是學校的職員！」她聲音喑啞，似久不發聲的結果。和我說話，從頭到尾眼睛幾乎一直盯著手中的飲料。

原來不是學生，已是就業人士，這就更奇怪了。很少孤家寡人的單身女郎，會選上美國這東西不著邊的小地方落腳定居。一方面工作機會不多，另一方面小鎭生活也實在簡陋。店少人稀，一切從簡，更別說什麼中國文化了。所以大部分中國學生都是一畢業便走人，除了少數教書的教授，在此也是已結婚生子，守著一家的。

然而更讓我意外的，她說她在此地已待了快十年！

「想必妳是眞喜歡此地了！」我順口接，眼光已開始往人群中移了，想找個機會脫身。因不知爲何，她讓我有股說不出的古怪，一個不屬於這青春笑語時空的人，又爲不知名的原因而滯留於此。像一隻蹲坐暗角裡的貓，身邊環繞著的盡是沉默，是那樣壓人心口的沉默，使得話題特別難挑。

「下個月中國同學會辦的晚會，妳會不會去？」離開前我隨口問了一句。

沒想到她居然一下抬頭正視我了，眼睛閃了好幾下，唇欲動卻無語。我以爲她沒聽清，便再重複問了一次。她吞了下口水，有些結巴地說：「我、我不知道，我還沒決定。」

這句話可說是飄在我身後的，因我已轉身而去。人世流轉，人都喜歡流向、轉向光明熱鬧的角落。也許，這是爲何沒人在她身邊駐足的原因？至少，我走得可是一點也不猶疑。

後在同學中幾番探詢，居然沒有人認得她，或更準確地說，是沒人記得她。而她在此已住了十年！這在一百多個中國人口的小城是件奇事。因我們平常是如此地知己知彼，沒有人會被漏而不聞，連某某人結婚時會請誰、不請誰，旁人都可幫他掐指推算得出。她，眞是個生活在這圈外的人了。一個遺世獨居之人。

半個月後，在一夜晚裡我接到一通奇怪電話。一拿起，也沒聽到報名報姓，只有沉重的呼吸聲，我以爲是騷擾的電話，剛要掛上時，忽然有一聲音傳來，仍帶點結巴：「妳說，妳說下星期中國、中國同學會有晚會，妳問，妳問我要不要去？」

我楞了好久，才想到是她，一張藏在眼鏡後黯然低頭的臉，「是呀！……妳會不會去？……」望著床邊時鐘，十一點半，快半夜了，打電話來只爲問一個活動消息？

又是幾聲喘息，「那妳……妳……妳希望我去麼？」

這句話問得讓人毛骨悚然，我一下答不出。一個隨口的問話，連邀約都不算，她惦了半個月之久？而現在問我的方式，又有種不該有的貼近感，好像指望著我對她會在乎、會有感覺、有期望？這絕非約定俗成的對話。

「我無所謂呀，看妳想不想去？」刻意地我退一步，保持距離。

「……」大約感覺到距離了，她又沉重呼吸了幾聲，「那，那妳來接我去好麼？」聲音氣若游絲，讓人不忍一腳踩滅。「好……好吧！妳的地址？」

看地址是在離校開車十五分鐘的距離，所以她不可能沒有車，她在此地也比我久，她卻要我去接她，這中間有令人難受的地方。但我硬吞下自己的不悅，因我正處於對什麼都興致勃勃的年齡，每一個朝陽都是新的開始，每一場饗宴，都是寄託浪漫情懷的機會。只不過一個接送，還不至於壞了我對生活的興致。

那天傍晚，我依約上門，是一排兩層紅磚公寓中的一間。一般中國學生都喜依校賃居，且多結夥分租開伙，省錢又不寂寞。相形之下，她這比較貴也比較遠，算是「中國文化」的外圍了，難怪不大有人知道她。

她開了門，身上換了一身深咖啡洋裝，望來仍是一身黯，脖上圍了一條色重的紗巾，更顯老氣。她和我打了招呼後並未踏出來，反退一步，請我進去。眼神中有幾分卑下、幾分懇切、又有幾分不容分說的執拗。雖然她只簡單地說了聲：「請進！」

我不好拒絕，想幾分鐘也不會誤事。跨進門檻時，才想到自認識至今，尚未見過她的笑容。

室內是簡單的一房一廳，令人意外地，除了必要的桌椅家具，一點布置、一點擺飾也沒有。四面牆壁光禿禿，沒有畫，亦無照片，連咖啡桌上唯一的一盞燈都沒有燈罩，空露一個燈泡刺亮刺亮地立在那。家徒四壁得可怕，而且到處灰撲撲一片。

一直相信女人和色彩是分不開的。即使異鄉漂流，一切只是過渡，很多女學生也會到車庫大拍賣、跳蚤市場等地方，買些廉價但大方的擺飾來爲自己的住處加添顏色。有時甚至只是一隻瓶插上幾朵花，都可柔下一陋室的孤清。我稱這是「woman's touch」。但她明顯地沒有色彩的需要，家中蒼白、身上也無色。十年，生活在這樣的克難狀態，太不可思議。

「我幫妳倒杯水，妳先看一下照片！」身後的她突然開口。一本由灰塵中挖出的相本遞到手上。

翻開，全是黑白照。有一張很特別，一位少女穿著無領無袖洋裝，斜倚在摩托車上，側臉對著鏡頭笑，笑得可眞有味道。我眼光被那張笑臉膠著了，五官眞突出，像一過去的電影明星，尤敏？而笑容眞燦爛，有吸引人跟著笑的力量。「這是誰？」忍不住問，一回頭方發現她早立於身後，不知站了多久。她眼睛茫然地望著那照片中的女孩，「那是我，二十歲的時候！」

這是我第二次有駭然的感覺，在這陰暗空間中，我看到更深的陰影。望著眼前的她，我像見了鬼一般。這會是她？她原來並不一直活得像現今這樣卑俗、如此萎縮的呀！照片中的少女笑得開朗、愛嬌，是那樣一種活潑的生命語調。人的生命語調，可以被歲月篡改到如此變調麼？

張愛玲在〈紅玫瑰與白玫瑰〉中曾描寫一個小人物艾許小姐，是個一無所有的年輕女孩，連個性都沒有，竟也等待著「一整個世界的來臨」。而年輕時的她，曾比艾許小姐有多太多的優厚條件，是「整個世界」從未來臨？還是「整個世界」已離她而去？

再翻下去，有些是父母的照片，有的是她弟弟的照片。但一問到現今在哪，答案全是，「不知道！都沒聯絡了！」是有些不能啓齒的痛？一些圖像在眼前飄來又散盡，謎團在空氣中凝聚成一朵朵的雲。生命的神經從窗口一一潛伏爬入，我開始敏銳地感到她生命的痛，也感到對生命有某種寒心了。若歲月有一張臉孔，此時我深刻地看到它的無情。滾滾往前流的時間，不只流走了她的青春花貌，還流走了她對神祕的嚮往與對人生的盼望。所有曾有過的風光、笑聲與熱鬧，此時此刻好似全流入隱形的時間大海裡了。

但這世上有許多人也曾經歷苦難、受傷過，但日後也依然能睡、能醒、能吃，仍生活在日光下、行走在人群中。而她卻帶著不知什麼樣的傷痕在宿命式地凋零，一點不帶掙扎地，一直由枝頭往下落、落、落……，不管這世界還有更多的生命、更大的世面，與更深刻的自己。落、落、落，用過去埋葬現在與未來，把自己落成乾扁褪色，直到整樹的花，墜落成泥碾作塵。

夕陽將盡，室內餘光一點、一點地在往窗外撤退。夜色悄悄漫入，沉默、空虛也四處迷竄。她頭一低，臉孔沉在陽光底下，好似又把自己嵌回黑暗。

「那天妳邀我，很多年了，沒有人邀過我……」她低低地說。

我可以了解，這是個大學城，所有人的眼光都在新生身上。而人來人往，使她的滯留成爲過時脫節之人。我忽然意識到她早已放棄等待「一整個世界的來臨」，她只等待「一隻友善的手」向她伸出。然後她緊緊抓住，像抓住一塊浮板，那句「妳希望我去麼？」正是她向世人索取的一個肯定，肯定她還存在，還有一口氣在人間。所以才有那種逼人的迫切？

一切只因我一個無意間的邀請，而現我也被邀請進入她的家、她的生命。而請我看她相本，是要我了解她也曾有過青春，因而也曾有過尊嚴？我突然覺得自己有點虧欠，爲自己的無心與無知，連忙笑說：「是啊！我希望妳也可以一起去玩玩呢！」

「眞的？」

「眞的！」我肯定地說。

她忽然露齒一笑，那一笑使我一下爲之屏息。那是一朵笑出一室陽光的微笑。

林妹的終生大事

林妹在二十二歲的時候，就做了她一生最大的決定。

說實在，二十二歲說大不大，說小也不算小。沒有大到無夢，也沒有小到無知。許多二十二歲的女孩都還抓著青春尾巴，談戀愛、吃零食、玩票地工作，漫無目的地勾畫未來，與盡情地享受人生。對她們來說，人生還長，尚不急著向包括自己在內的任何人，負什麼責任。

然而林妹在二十二歲的時候，就已做了她一生最大的決定。

那時因父母早逝，只有國中畢業的林妹早離家謀生，在台北一小差事做了好幾年。也有個若即若離的男友，偶爾看個電影，吃個飯，做些約會中的例行公事。天天，林妹騎著一部小摩托車，在台北街頭的煙塵人海裡出出沒沒，生活得雖然無夢，卻也無憂。然而南部卻傳來了噩耗。

是林妹嫁去南台濱海一小城的姊姊，一日騎摩托車延海冒雨而行，被閃電擊中，當場暴斃。手上金戒、銀鐲，與脖上掛黃金鎖鍊的地方，還殘留金屬觸電灼傷的一圈圈灰痕。留下了四個孩子，最大七歲，最小的尚在襁褓之中。當時，姊夫辦了喪事，沒多久就北上向她求婚，希望她能顧念姊姊留下的四個孩子，嫁進門來代為照顧。雖然姊夫在林妹心中，是個有智慧又能幹的男人，但他足足比林妹大上十五歲。

姊夫離去後，林妹想到自己無父無母的成長經驗，她心疼姊姊的四個孩子。但姊姊屍骨未寒，她以一個小姐身分進門帶四個孩子，全擺明是為了這個家。那麼，屬於她的感覺要置之何地？她的一生又有誰會為她考量？猶疑中她又有幾分憤怒。

接下來夫家一一託人來說情，說嫁過去不只孩子有個照應，她也可衣食無缺。因姊夫家是個大地主，在當地開百貨行，做生意，又有五甲魚塭。林妹陷於兩難之中，終於一天下午，她躺在台北賃居處的床上翻來覆去，然後毅然坐起做了決定。雖然這一決定，便就此訂下她的終身，雖然那時，她也才只有二十二歲。

轉眼十七年過去，我認識林妹時，她已三十九歲了。那一年，我是隨北美一教會的義工隊，去到她所在的濱海小城作短期服務。在那除了到各家探訪，我們還提供不同的講座服務，其中，我負責的是婚姻講座。

初到那個小鎮時，很為那裡的貧乏驚心。小鎮很小，一條街走到底便沒了。全鎮的謀生，是以剝蚵爲主。走近海邊隄防，處處可見棄置著已被掏空的蚵殼，左一堆、右一堆，像座座荒涼的蚵墳。一旁幾間破敗無人的寮棚在風中殘喘，棚內一張小板凳、一個盆，穿梭著冷風與蚊子。當地人多佝僂著背，蹲坐在那小板凳上，成天只是埋著頭，用長久浸濕在鹽水中而早已粗腫的十指，機械化一顆又一顆地剝著鮮蚵。一天下來也才賺個幾百塊錢，人卻卑微地早被生活壓彎了背，更從不曾作過頂天立地的夢。

更令人驚訝地，街頭小站，錯肩而過的常有智障、癲癇的不幸兒。探訪的幾個家庭裡，也常赫然有後天意外造成的斷肢斷臂，或中風跛足的殘障人士。簡短地在村子走一圈，便看到一生都不曾見過的許多殘疾、意外與苦難。好像全世界所有的苦難皆縮影至此了。台灣現在居然還有如此窮苦的地方？

我忽覺自己需要多了解這個鎭上的婚姻問題，當地小教會便爲我介紹了林妹。

一進她家門，便感到這裡豁然開朗。過去曾探訪過的幾家剝蚵人家，最大特色便是黯、是灰。屋裡除了必要的家私就是廚灶與供桌，陰暗中僅有人類生存需要的幾件最原始擺設。但林妹家上有天花板，下有地板，屋內天地一下便拉寬敞了。再看牆上幾幅字畫，桌上插瓶鮮花，從未如此深刻地感覺到一點點人類布置的手跡，便可把文明由洞穴推進明室好幾千年。而且處處一塵不染，在這風大灰多的城裡，可以看出女主人的堅持與毅力。

去時，林妹的先生笨拙地捧著杯咖啡出來待客，一路邊灑邊笑，看得出不善此事，也更感到他對妻子訪客的重視。他坐下陪笑時一臉鄉下人的憨誠，沉默下來又有老式本省男人的嚴峻。一旁的林妹直髮垂肩，脂粉未施，五官雲淡風輕，只有一笑盪出讓人飲不盡韻味的兩個酒窩，是臉上最濃烈的地方。就是這女人麼？很難想像會走上一條傳統的路。好似臉上蒙一塊絲帕，不再注視愛情，亦放棄自己的夢，蒙住內心靈魂，甘心做一個代替另一女人的女人？

想到桃花源有不同於外界的時間流轉，這裡雖非桃花源，且充滿著各種苦難，但我現覺得它亦存留下古老的時間感。迷信、宿命與媒妁之言，是籠罩整個村子的氛圍。人生活於其中，眞是很難唱出不同的調，活出不同的色彩。

但林妹望著我的眼光率直坦誠，而且整張臉時不時會流露出探索的神情。也是那探索神情，使得她煥散出迷人的光彩。她說話輕聲細語，幾句話後話題繞到他們的婚姻，林妹一點不掩飾地說：「老實說，剛嫁他時，心裡老覺他是『姊夫』，一直至結婚四、五年後才把角色轉移，對他開始有夫妻的感情。」說時還斜睨丈夫一眼，丈夫只是望著她笑。

我注意到她用「角色轉移」這個名詞，有點訝異。看她教育雖受得不高，但人談吐不俗，挺有自己一番見識，實在很難想像她會「宿命」地就此一生，問到她當初做決定的心情。

「那時，姊夫求婚後南下，姊夫家便找人來說情，孩子也寫信表示希望能認我作母，令我十分為難。沒想到過一陣，姊夫卻忽然改變心意，又來信道歉，表示他們是太自私了，只為他們一家人想而未考量到我，而我正年輕，這對我是不公的，因此請我原諒，說不用再考慮了。但他這一退讓，卻引發了我的同情心……」於是那天，她在台北賃居處的床上忽然坐起，做了個決定。什麼決定呢？不是婚姻，但關乎一生，是一個簡單卻明確的生命目標。

「我覺得，人生只要做一件有意義的事情，就夠了！」她對我豎起一根雪白手指輕聲地說，纖纖一根手指，卻如碑石般堅立。「就因著這理念，我嫁給他，為人婦，為人母，而且終生不生育，為能專心帶好姊姊的四個孩子……現四個孩子都已長大成人，對我還算有一分尊敬。」

環顧一下四周，十七年，我噓了口氣。想到小鎮的貧窮，她夫家家境不錯，不自覺地說出：「還好，至少衣食無缺……」她一笑，抿出兩個酒窩，又斜睨丈夫一眼，「你還不午睡去？待會又喊睏！」

丈夫不好意思地笑對我說：「就是有點愛睏……」便道歉上樓去了。

先生走開後，林妹酒窩頓逝，望著桌面沉默了一會，「不是沒苦過……」臉上又是那引人遐思的沉思神采。

原來小鎮玩股票風氣很盛，而買的決定，是靠到煙塵彌漫、飛簷雕金的「先天宮」搖椅子，問「五千歲」。她說：

「有一度我先生投資股票賠了一千萬，負債很深，弄得我也必須剝蚵還債。天天風吹日曬，必須用布從頭裹到手，蹲在那昏天暗地地剝，也剝不到一千塊錢，但腰子骨也因此弄壞了。後來我便改行去做業務員，給商家送汽水。每天開輛小貨車到處跑，然後背著沉重汽水上樓下樓。同時，還要幫著夫家管五甲魚塭，日子過得很苦、很苦。

「當初，我剛嫁過門時，還年輕青嫩，什麼都不懂，內向、依賴，什麼事都是先生教。但負債那幾年，借貸我出面，人家當面搧門，討債我來擋，先生後門溜走。下跪、哭求、陪笑臉，在那段日子裡，人性的粗糙面我全看盡了。後來還是因著一個兒子在軍中意外過世（又一個苦難），拿了筆賠償，生活才開始有了改善。」

講來似乎雲淡風輕，但個中辛苦可想而知。看來生活歷練已把林妹磨韌出屬於中國女人特有的堅強，一種潛伏深層裡堅韌的柔。「先生對妳想必很感激嘍？」想到剛剛進門時倒咖啡的一幕。

「只能說他觀念正確，」她淺淺一笑，「他說他已失去一個太太了，現在這個要珍惜，所以每次批發魚苗，人家請吃花酒，他過去很愛吃的，現也不去了。但夫妻生活，不是說有感覺就有感覺的。剛嫁他時，他還笑我比他年輕，怎麼床上事會那麼冷感？那時我又不懂溝通——」

再一次，林妹用了個很現代的名詞。我有點意外，小鎮上大部分夫妻只在乎改善生活，把日子過好，林妹卻認為夫妻還應做到彼此了解。「後來我試著什麼都和他說，說我的氣，我的怕，他卻什麼都不說，我一點都摸不清他在想什麼？溝通一直是我們的問題，而我先生吵起架來很兇，也曾出手打人，兩人還有一個月不說話的紀錄，但上了床仍照樣辦事。有一度，我都覺得活不下去了，又吃藥、又割腕，後來被小叔救起，送去醫院，縫了好幾針。先生卻從頭到尾都沒出現，只叫人傳了一句話來：『她若不想活，就讓她去死！』」

這是什麼話？眞可使一女人心灰意冷。「怕是氣話，妳聽了會不會很傷心？」我小心地探問。

「傷心？」她有點意外，好似沒想過。「倒不覺傷心，我只是很氣憤……還記得我說的『人生只要做一件有意義的事情，就夠了』？當初年輕，我沒想到那是要付代價的！後來我在醫院裡思前想後，想到我原來是為了給孩子一個家，感受些母愛。如果現在自殺身亡，只會給孩子造成二度傷害，再失去一次母親，不是前功盡棄了嗎？而且，先生既不在乎我死，我便決定要活，而且要活得很好，活給他看！」

似乎「做一件有意義的事」既視為她一生的主題，其他便全成了副題，可以揮擋開來。於是她由病床上再爬起，重新把日子挑起，而且盡力要活得很好。果然，近幾年孩子大些，擔子也輕了後，她便到附近的朴子鎭選些課，力求「自我成長」。想必「二度傷害」、「溝通」等名詞都是這樣學來的。

「我還要學電腦，學電子郵件，要不然跟不上時代！」她笑著說。平時，她還與當地婦女組織了個土風舞社，生活得相當充實。而先生這幾年看她轉變，不知爲何，態度也跟著軟化了，而且還開始學會體貼。

「妳的婚姻講座，我一定會拉我先生來聽，這年頭光是女人成長是不行的，那夫妻間的距離不更大了？男人也要上進才行。」她說得我目瞪口呆。

原本，我是抱著哀悼一個女人陪葬一生的心情上門的。現卻發現，眼前這女人雖做了件傳統的事，命運坎坷的陰影也一再纏裹，她卻不肯對傳統、對命運沉睡。反而一直親手掌握自己生命的韁繩，把一生無意義的苦難化爲有意義的犧牲。是否一個人若能把複雜的一生濃縮成單一，由單一出發，內在的感情會反而變得壯闊？至少林妹的單一，成爲她挑戰所有逆境的武器。使原本似二胡伴奏，一生嗚咽的日子裡，竟沒有一個挫折，可使她人生的步履蹣跚。

送我出門時，她有些羞澀地說：「我只有國中畢業，很多事要向妳們讀書多的人學習！」

想到自古至今許多的文人哲士，殫精竭慮想要解答人生是什麼？人生目的爲何？等等大命題，都沒有林妹減縮至一句話來得徹底。我不禁心中怦動，由衷握起她手說：「我是從世界另一頭，海那一邊飛來的。相信我，妳對人生比許多留美博士，甚至這世上很多的人都懂得多，多很多！」

離開後，走在這小鎮唯一的一條路上，望見路邊寮棚裡許多人仍正佝僂著背在剝蚵，不禁想到所謂的「命運」。什麼是命運？是命運把人的腰骨壓彎，將人的氣息吹弱麼？這裡似乎有許多人終生搬離不了，也逃不出窮苦的命，眞眞讓人感到命運的龐大，住在這的個個都似命運的受害者。而且似乎人所能做得最好的也只是宿命，對外在的環境順服、認下，然後聽天由命。

而這世界之外的人活得似乎比較幸運，卻又太看重愛情，往往把愛當作一生的追求，而譜出各種的你傷我恨，悲歡離合。

但林妹不同，她讓人覺得人的心其實可以很大，可以在愛的需求外還有更深厚、更廣大的空間。她亦讓人覺得人心可以縮小至一針尖，以單一理念與其令人心悸的專注，把生命燃燒成一熾熱火焰，且燒出最燦亮的特質。她的決定，可說不只爲她訂下終身，更爲她自己創造了一個世界。

看看自己的手，可不是，人生，只要做一件有意義的事情，就夠了。

一首不用口唱的新歌

我必須承認，每次與她的接觸，都會帶來一些心靈上的不平靜。因面對她，就像在面對生命裡一些難解的問題。每次的會面，也都迫使我一次、再一次地回到生命的本質思考：什麼是人？什麼是所謂的「真實」？

而對這生命提問的，又常是一些殘酷、又讓人想逃避的事實。

比如說她的重聽。初次隨教會朋友去她住的地方探訪，我便注意到了。那時她還是學藝術的學生，一人來美求學，與同學分租一處。當我們去時，她剛睡醒，帶著幾分睡眼惺忪、幾分羞怯地接待我們。房間很窄小，她坐床上，我們坐在床前兩張椅上，空間便已塞滿了。

坐下時我注意到，近看時她是挺耐看的那種型，五官清秀，頭上簡單地留著耳下一寸直髮，額前頭髮往後梳，用髮夾別起，露出年輕額頭與輪廓姣好的一張瓜子臉，很有「校園」的純真氣質。

但講起話來我便發現，當我們一說起話時，她臉便定會側歪向前，然後額中眉稍皺起，擠散了清秀五官，擠出兩隻睜大的圓眼，緊盯著我們的臉，深怕聽漏了什麼。那神情中有猜測、有不確定，甚至也有些許的焦慮。但待聽懂、聽明白了，她又會習慣地展顏歡笑，像個猜中謎語的小女孩，笑得很開心。是眞誠地開心。有時笑過頭了，便會有尖銳的電波聲鳴起，訝異中我們發現那是她耳上助聽器發出的呼叫，她一手扶耳，一邊靦腆地收斂起她的笑容。

也是因爲重聽吧！使得她的語言舌音很重，咬字有點混濁，而且說話聲音也比較大。與人對話時，可想而知是她得努力參與的「工作」，辛苦地聽，然後艱難地答，「輕鬆聊天」，於她可說是件奢侈的經驗。

也許因爲是我帶她進入教會，使她對我有份信任，我對她也有份關心。沒多久，她便來問我，學校裡某某人這樣說是什麼意思？某某人那樣表示是否對她不滿？再多探討，我開始了解她的重聽，在生活中不只帶給她許多的挫折與不便，更威脅她在人群裡的自信與安全感。

原來人與人之間的對話，是包涵如此豐富深廣的表現空間。幾人中你來我往的談話，像互相扔擲的多角度變化球，一下這一下那。習於對話內在邏輯的我們，接球扔球隨心應手，根本不當回事。但聽不清的她卻得全神貫注地聽，與全力以赴地跟。

但對話中有許多點到爲止與意在言外的部分，就讓她丈二金剛摸不清了。有時語帶機鋒，有時未語先笑，有時語未盡而話題已轉，有時裝腔作勢卻全不爲傳遞什麼特別的意思……，而這些有的很難解釋，有的也不用解釋，大部分時候更無暇解釋。這全成爲她涉入人世沉重的負荷。

有時我想，對一完全失去聽覺或視覺的人，也就簡單了，他會被迫完全地放棄此道，另開發其他的感官來溝通。那麼，人對他、他對人便會有不同的期望與對待方式，所處的人際網，也會是不同的一圈。但如今重聽的她，卻抓住自己通訊不清的線路，勉力投入這快速變化的社會。於是每當置身人群裡，她對人世便只能遠遠地眺望，所有的熙攘喧囂她涉足不了，在快速流逝的笑語交談裡，在穿梭不停的手勢比畫中，一張蒼白細小的臉龐在其中便沉下、淹沒了……。

這世界明顯地對她表現不耐煩，但意外地是，她卻並未減少向這世界學習的心。於是，這成了她痛苦的來源。一個對語言只了解表層，對人心爾虞我詐卻一無所知的人，全然摸不清每一句話的分寸，結果不是詮釋得太輕，就是太重。大部分時候是太重，種種誤會常威脅到她對人的安全感。

所以，她是個寂寞的女孩。沉默在她身邊像一層簾幕，由地平線升起，迎向她所特屬的蒼天。

但她有顆純眞向神的心。進入教會沒多久，她便向我表達她想參加詩班，她想用聲音來讚美上帝。這是個挑戰，她沒有個好嗓，音感又不準，我知對音感十分敏感、凡事講求完美的詩班指揮尤其難。但我說不出阻止的話，誰能拒絕一顆想要奉獻的心呢？耶穌不也讚美過寡婦雖窮，但奉獻的兩個小錢卻是她全部的「養生」而更寶貴？上帝看重的是內心，不是麼？於是，詩班練習時我坐在她身旁，指著譜，對著她耳朵唱一音，她跟一音，她特有的大嗓門與慢半拍，多少帶來我一些壓力。但我坐在她與其他人中間，背挺得硬硬地，想把自己豎成一道牆，隔絕所有可能的皺眉與不以為然。

法國文豪伏爾泰曾說過：「我可以不同意你的說法，但至死也會擁護你說話的權利。」當時，我多少也有點類同之心，隨時準備好若有誰要開口置一詞，我就和他拚！

結果沒人說話，是她自己辛苦地跟了一陣，實在跟不上而放棄了。就因她的重聽是她面對生活的纏累，有人帶她去找一牧師禱告求醫治，她便抱著希望去了。但幾次禱告不成，她還怕牧師難過而假裝好多了。但奇怪的是，她卻從沒質疑過神。《聖經》上說耶穌治好十個大痲瘋，卻只有一個回頭來跟隨耶穌，這說明了人即使是親身活在奇蹟裡，也不見得會產生信仰，更何況一位眞心誠意求奇蹟而不得的人？

但認識她十多年，從沒聽她怪罪過，怪罪為何她會被生成這樣？為何會成為如西方所謂「次等神的女兒（Children of the lesser God）」？她只是單純地接受，單純地痛苦，與單純地掙扎。有時我想，也是因她像小孩這般單純吧！所以會比我們這些猜疑世故的人，更容易踏入天國？

所以雖然她用歌聲來讚美神的路行不通，卻並未氣餒。她轉而把那首心底的詩歌轉化爲色彩，用她的畫筆來描述她心中的神聖與感動。像所有略有殘缺的人，某項藝術感會發展得特別尖銳，她一生學畫，學美術設計，用色彩與線條來作爲她對人生的表述。她也送了我幾幅畫，畫中筆觸多是圓圓飽滿的線條與柔和的顏色，全無我想像中的無奈與痛苦。反有種不染塵的純眞，就像她孩子似的笑聲，好似殘酷的人世並未碾碎她的夢，憔悴了她對這世界的視野。她對這世界的看法一直是寬容的。

但她對這世界的態度雖一向認眞而專注，卻並非全然地清醒。她不只是「耳不聽」，我後來還意外得知她也有精神官能方面的病，病發時便會產生幻象與幻聽。也是此時，所有生命的陰影全都匯集在她人生的谷底。不管走到哪，她都覺得所有的人，認識的不認識的，甚至是電視節目裡的人，都在對她指點嘲笑。她到處逃躲，也逃離不了深印她腦中的臉色與笑聲。像隻受驚的雀鳥，她到處撲跌，周遭一切炫耀所謂的「眞實」都在退去，只留她一人被遺留在世界深處，擁有無一人了解的痛苦。

而身邊的人此時全走不進，也幫不了。又怕面對那種無助感，有些便選擇悄悄地在她生命中退席。我們的愛和她的苦難比起來，是多麼地蒼白無力？

幾年來的見面，多是好一下、壞一下。她的頭腦，她的身體，全是她的牢獄，她兀自一人蹲在裡面掙扎分辨什麼是眞實？

有時也不禁揣想，當一個人分辨不出何爲眞實、何爲幻象時，當原本堅定不移的心，隨雪崩化爲冰河中的一塊塊浮冰，游移不定時，她要站在哪一塊冰上來相信上帝？甚至面對永恆？她的相信又是屬虛？還是屬實？

但每次她來看我，都讓我驚異。我看到她生命中似乎每片葉子都在飄落，但不知爲何，總像有雙柔和的手會托住她，不讓她散盡。在清醒的時候，她是那樣謙卑仔細地把信心栽種在她小小的花園裡，等待那花兒怒放的一天。她帶她的日記來看我，裡面記錄著她每日讀經的感受，每個字眞是一筆一畫，端端正正，就像她對生命的態度。日記本中還貼著一張張她別有領悟的剪報，剪報上是用黃色筆畫線，又在旁加感想的痕跡。當我翻閱時，還赫然發現裡面也有我的文章剪報，心一下虛起來，趕快合上，有點承受不住一個人用整個生命向你學習的重量。

也因著她特有的溫柔謙恭，生命中好似每扇門都通向眞理、通向天堂。

但我仍多次感嘆，當一個人活得像在風中不斷搖擺的葉子，落入塵埃便只能在陰暗裡兀自歎息，臉上如何仍能保有孩子氣的純眞？內心也如何仍有如潔白不染的絲絹？我無法否認這中間有神聖祝福的地方。

愈來愈發現我無法否認她信仰的眞實，就像我無法否認一個生命的眞實。她讓我了解到哲學裡的理性主義與經驗主義，都是立不住腳的。笛卡爾的「我思故我在」，完全無法否定她的存在。亞理斯多德的「心靈中所有事物都先透過感官而來」，也顯得有些可笑。她讓我認識到人的感官認知也許會改變，但人的自我卻有那神祕長存的一部分。人的身體感覺可以不可靠，頭腦也可能會背叛你，但幸好人還有一個靈魂，可以爬升至生命高處，俯瞰，可以駛進更廣闊的邊岸，憩息。更如林中穿出的飛鳥，順風而滑入天空，自由飛翔。

是的，還好她有一靈魂，而且神聖高貴，使得她生命中擁有的欠缺如此之多，她的英文名字卻叫做「恩典」；生命雖然有諸多對不起她的地方，她對生命卻仍常懷感謝。說實在她唱不唱詩，已經沒有太大關係了，她的整個生命，其實便是她那首唱不出口的新歌。

冷凝的和平

第一次見面，她沒名也沒姓，只知她是劉家的媳婦。這很自然，當你初識一家人的時候，招呼的多半是帶頭的老人家。而她，跟在後面，面貌模糊，只知是那對老夫婦的兒媳婦。所以，我們僅曾點頭而過。

那時還在新婚時候。每晚飯後，在尚未散盡的餘暉中，常會與外子手攜手地在住宅區內散步。有時，在散步途中會遇上另一中國人家。因同是中國人，總會停步打打招呼。知道對方也是一對同樣尚在新婚中的夫妻，帶著剛自台來美依親的公婆，在飯後走走消食兒。

走走、見見。漸漸，一張張面孔開始浮出暮色，留下印象了。那公公看得出老人家還尚壯健，幾根白髮，數點白鬍碴兒，腰挺，肩未駝，笑著一張嘴的臉上紅光滿面。婆婆瘦長，也望來慈眉善目，話雖不多，但客氣有禮。兒子緊跟於後，白皙、斯文，有著傳統中的謙和。一旁太太亦皮膚嫩白，嬌小、五官細緻，笑中尚有新嫁娘的嬌羞。好福氣的一家人啊！

兩邊寒暄，互指指住的方向，有時也會交代些近況。漸漸知道了對方姓劉，先生是獨子，父母是接來長住的。

「來美還住得慣麼？」外子招呼地問。

「住得慣，住得慣，這裡房子大，青菜也比台灣新鮮、好吃，可比台灣好太多了！」帶著濃濃鄉音講話的劉老先生，能這麼適應美國，挺讓人意外。

回過頭兩邊各自散去，還有些奇怪，美國空間是比較舒敞，但美國青菜就那幾樣，怎麼可能比台灣新鮮？崇洋也不至如此。後來才知，他們是來自台灣南部鄉下的一個小鎮，所有新鮮蔬菜都先往北部送，剩下的才在鎮上賣，自是不值一挑的殘梗敗葉。而且，聽說老人家一輩子生活清苦，當初是七借八欠才把兒子送出國留學的。現兒子成了家，夫妻倆皆上班，總算熬出頭了，便被接來美和兒、媳同住，共享些清福。

「你父母呢？也接來啊！一起住多好，再生個胖小子，可樂著呢！」有時劉老先生會勸外子。

外子頗爲心動，「是啊，是啊，原來還怕接來了住不慣，但現若來了，可以和您作伴，異鄉便沒那麼寂寞了。」大家暖哄哄講成一片。一旁的我，瞥見劉家媳婦眼光旁落，望著路邊花叢中上下紛飛的蝴蜂發怔。

散步常是隨心，路線也不固定。與劉家有時遇得上，有時遇不上。半年過去，我注意到劉家媳婦在散步行中漸漸缺席了。想是面對飯後一池碗筷，走不開。或是上班一天下來疲累，走不動。但劉家三人仍是和樂融融，指東指西地說著、笑著、走著。

一天晚上，外子正看著電視，我則收拾些零碎，忽聞門上有剝剝聲。探頭一望，竟是劉家媳婦。她眉低目垂，一付心中有話的模樣。她指指我，希望我和她出去走走。當時夜色已濃，但住宅區隱密，走走亦無妨。

和她並肩漫步，她一路沉默，一陣微涼夜風拂過，竟覺身邊的她打了個哆嗦。良久，她才開口：「我不知我還能撐多久……日子，是一天比一天難過了！」

「怎麼了？」猜是夫妻吵架。但在昏黃路燈下我瞟她一眼，竟瞧見她臉上掛著兩行清淚，我嚇了一跳。

「是我公婆……」她又沉默了。我心一驚，一些電視裡惡婆婆的打罵鏡頭開始翻上來，難道望來和氣的劉老夫婦，關了門會虐待媳婦？很難想像。走至附近較開曠的公園前，我們駐足，一起無意識地往黑暗中的公園內怔望。

過一陣，她不著痕跡地抹了下淚，說：「我好羨慕妳和妳先生，在外可手牽手散步，回到家也是兩個人的甜蜜空間。不像我和我先生……哎——」好深的一聲嘆息。

我點點頭，想到老人家在，有些事是有些不便。但我與她眞只能算是「點頭之交」，交淺言深，想必她是積壓了太多的鬱悶，異鄉身邊連個可說話之人也沒有，才會找上我。我拍拍她。

擤擤鼻，她繼續說：「平常在家，轉來轉去都是他父母的影子，不是躺在客廳沙發上看電視，就是抓著我先生說東說西。而我，坐一邊像一件家具，打都打不進去。看電視想和先生擠一起，像過去那樣，說點體己話，都不行……」

「那再買架電視放臥室呀！誰家不是有個兩、三架電視呢？」我直覺反應地建議。

她想了下，回頭對我苦笑：「買沒問題，但放誰的臥室？他們的？你想，我能每次請他們回自己房間看電視麼？若放我們臥室，我連回房休息一下，先生都會進來，叫我沒事最好出去。說婆婆會豎著耳聽我房內動靜，會有點多心。妳想，屋內好像老是多了一對眼，一對耳朵，我所有的舉動全得加上『解釋』與『猜測』，多累呀！」

想到老被「窺伺」的感覺，是不好受。「還好妳上班，人不在家，要不然朝夕相處更累！更何況，妳婆婆不是還幫妳做飯，吃現成飯不也是一種福氣？」總想找一些可疏導之處。

她又嘆了口氣，「就因爲上了一天班，才更希望回到家能眞正像回家，可以完全地放鬆隨意。再說我婆婆做飯，地板上總是滴滴答答著水跡，爐檯上又到處都是油煙，什麼菜都是多油多鹽，我還情願自己做呢！唉——所以，我愈來愈不願和他們一起去散步，那是唯一他們不在家，我可以一個人待在家裡清清洗洗，把家『還原』的時候。而且，我也需要有一個人獨處的時候。所以他們出去散步，便是我唯一可以獨處的時候了。」怪不得看不到人了，原來如此。

但想到「獨處」可不是傳統觀念。中國人什麼都以社群為重，「個人空間」基本上是不存在的。既然她是如此地不傳統，當初又為何要走上與公婆同堂的路呢？

「哪裡是我願意，是沒有選擇！」她講得很委屈，「當初與我先生認識，他便說他自幼與公婆一起奮鬥出來，生命的聯繫非常緊，非常牢，有很深的革命情感，他不願放手，想把握機會回饋。而我離家很早，和誰都隔得遠遠的，喜歡保持一定的距離，不喜歡太多人的注意與關心。所以一大家住一起，我感覺很窒息，很窒息！」

盯著她，我一下發現自己的無知。一直以為，和公婆同住，是因著名分，是因著需要。因著名分成為一家人，因著老人家有需要被照顧，因此，兒、媳接來父母，行李放下、收好，關上門來，就可以住成「一家人」。中國多少年傳統不都這麼傳下，中國多少人家不都這麼生活過來？

哪裡想到當婆婆欺壓媳婦的時代那一頁翻過去後，新的，或者說更深層的問題才浮上來：原來公婆與兒、媳家同住，不光是名分就能賦與血親上的親切牽繫，也不是名分就能跨越彼此不同的生活背景。兩代家庭擺在一起，根本就是兩個家庭的生態，再加上兩套作息，融合與否，絕非自然天成，而是得靠努力調適，才有可能水乳交融呀！

「唉！妳不知道，當他們全都不在，只有我一人在家的時候。穿上圍裙，在廚房中清理刷洗，有時一陣夜風吹進來，掀起窗帘，那種感覺可暢快了——是屋裡無人，唯我獨尊，一切又在手下掌控，世界又還給我了的感覺。」仍帶濕意的臉，竟冒出了一朵微笑。

也是此時，我看清她長得並不模糊，眉眼清朗，鼻梁挺直，唇線堅毅，我告訴自己，這是個有個性的女人，再加上受過高等教育，又有份電腦專業工作，應不至於像小媳婦般一味地鑽牛角尖。

更何況，聽了半天也沒有誰挑誰，只有適應不良的問題。這適應不良，恐怕也包括她婆婆。她現雖然在此主中饋，但想必亦無在台灣自己老家那樣威風痛快，她多少也要屈就這裡的環境擺設與做菜方式，做起來也有束手束腳之處吧！有人說一個廚房容不下兩個女主人，若兩個女人一定要共用一個廚房時，勢必要經歷一些調整上的痛，英文詞兒所謂的growing pain，這也是一種吧！

於是，我也回她一朵微笑，是鼓勵的笑，說：「我想世界並沒從妳這被奪走，只是被分享。從原本兩個人的世界，現變成了四個人的世界。」

沒想到我的話逼出了她的眼淚，「妳不懂的，一切都不再一樣了，不再一樣……」

望著她，我心一動，也沉默了。面對眼前的灰茫黑夜，忽感覺她其實是在哀悼。哀悼她流逝的夢，回不來的單純，以及生命現實推到眼前，讓人推卸不了的生命重量，那種叫「責任」的東西。

和她深談，也就那一次。沒多久，她便懷孕了，想來一個小生命可以帶出所有人心裡的溫柔，可以點亮所有人的眼。後來散步，她又出現了，而且是先生一手扶著，走在兩老的後面。三人間重心現轉移至下一代，不管從哪個角度來看，每個人的臉線、唇線都是柔和圓滿，是溫暖喜悅。

後來我也生了孩子，各自掉入各自的生活中忙碌著。接著搬家離開，一走十多年。再回到老房子那，是牽著女兒，爲她指認童年玩耍的記憶。就在路上遇到了她，她正買了菜開車回來。

一見我，她由車中跳出，穿著週末休閒服，套頭衫、牛仔褲、球鞋，加上自家吹的髮型，很典型的美國婦女打扮。走近我的她，眉眼依舊，只是臉上的堅毅線條更鮮明了，身材也由嬌弱轉爲壯實。當然我也差不多，都是由少婦跨入中年的人。連她的老大，也已是搽著髮膠、梳著髮尖往上衝刺的青少年了。

她邀我去她家坐，口氣極爲親切。進了她家，擺設大方，打理齊整，端出的糕點是自己烘的，也很可口。她指使青少年兒子收拾剛買的菜，對話是用英文，一副女主人幹練的樣兒。坐在廚房內的早餐桌前，我們談著彼此近況：工作、孩子、家，說著我們是如何地身不由己，繞著我們的親人轉。實際上又深知我們是一個家的中樞，是我們在推動整個家的運作。

談談，我忽然感覺她的談話中沒有提到劉老夫婦，便主動問起。「我公公前年過世了。」她簡短地說了一下公公的病情與過世狀況。說到一半，我身後有動靜，她眼也不抬地繼續和我聊，我也以為是她青少年兒子呢。等人走到身邊，才發現是劉老太太，我忙站起招呼。

久不見，最顯時間痕跡。十多年的變化，可以使一個人的腰桿兒伸直，使另一人的背脊彎下。劉老太太原本瘦長的個兒，現縮水了幾號尺寸，手中拿著根枴杖。牙也掉了，髮也稀了，瞇著眼看我，講了幾句模糊不清的話。

但劉家媳婦要我再坐下，話又繞回我們的話題。對我身邊的劉老太太，也不招呼也不讓座。老太太也就站在旁邊，聽著、盯著。後來顫危危伸手，窸窸窣窣想探剛買回來，正放在桌上的物品。

劉家媳婦忽停話，對她說：「不要動！不要動！」聲音不大，但帶著權威，眼始終沒瞧劉老太太一眼。但和我說話，卻仍是熱呼朗笑。劉老太太再站一會兒，便回身扶杖回房，我忙站起又招呼一下。不一會兒，聽到房內傳來電視的人聲笑語。

當晚，被留下吃飯，劉家媳婦親手燒了一桌豐盛菜肴。劉家男主人回來，仍是文質彬彬，親切地招呼著我和女兒。開飯時，我們坐定，男主人進去請老太出來吃飯，飯桌上備有老太專用的牙軟菜。當晚，黃暈燈光下我們相談甚歡，只除了，我老覺得桌上有兩個世界，一個談笑風生，一個靜默無聲。我勉力挑幾個話題和老太談，亦因老太語音不清而無以爲繼。半晌，她坐成一件家具，再沒多久，老太太便下桌回房了。

告辭，牽著女兒出來。回去路上，感慨無限。十年，眼見一個家庭改朝換代。如今小媳婦成了當家作主之人，看得出整個家是在她的指尖下運轉。也眞不容易啊，三代同堂的擔子不輕，她也居然扛下了。只是，這中間總有些什麼不對勁之處。捉摸了一下，確定她該做的都做了，沒有一分一寸失了媳婦禮的地方。但就是少了什麼，我終於摸清，是少了人對人的溫度。

但以我了解，劉家媳婦並不算是天生冷漠之人。所以她的冷漠，是爲婆婆儲存的。她是用「冷漠」爲自己塑了個面具，在老人家面前織出一個繭，過去，是把自己包進來，現在，是把婆婆隔出去。共居一室，卻視老人家不存在，是個吹口氣便可消逝的影子，一個在關係中又近又遠的影子。

但不知爲何，我了解她這樣做，並非爲了藐視，而是爲了生存。在生活重疊、空間交錯下，當人心門打不開、又容不下時，便只有不得已地切割出一個隔離的生存範圍，假裝對方不存在。

有點難過，爲這樣的無奈現象。曾經，傳統中要靠壓抑，才能達成家庭中表面的相安無事，現代則轉化成爲凍結。在冷凝中相守和平，現代版的三代同堂，是怎樣一本難唸的經？

輯二

躍起　墜落

黑森林中的豹子

他有對豹眼，目光炯炯，威嚴懾人。偌大辦公室內，他隱於大辦公桌後，端坐氣派黑皮椅上，背脊微弓，兩手搭上椅臂，像一頭叢林中往外窺伺的豹子。忽然，那豹臉一撇，齜露出鬍髭下的白牙，笑得寒人森森說，「妳的資歷不錯，但是——沒有身分。」

他指的是美國居留身分，一語道出了我的痛處，我心跳了跳。爲了這，我出校門後找工作處處碰壁，感覺上路是愈走愈窄，心也愈來愈往下沉。默默地，他翻著桌上那一疊資料，面無表情的臉讓人望而生畏，我靜等那高懸寶劍一刀落下。數刻懸疑，幾許怔忡，幾乎，都要絕望了，他卻忽然抬臉，盯進我眼深處，緩緩一字一頓地說：「然而，那不是問題，我們可以想辦法！而且，我願意提出比妳要求薪水更優厚、職位更高的條件！妳要不要？」

從不知一個人可以笑得如此讓人不知所措。不知爲何，我居然有感激涕零、想衝上前去吻他手的感動。

後來才知，懸疑，是他一貫玩控人心的手法。

但那天步出銀行大門時，我已是騰雲駕霧。在同學還猛丟自傳應試之時，我不只有份工作，而且還一步登天坐上「經理」的寶座。長途電話裡，我往海那邊的親人報喜訊。「我的女兒可眞能幹！」母親在電話中高興地說。掛上電話，也覺得自己能幹。那時年輕稚嫩，現實裡的順利，使我沒想到任何能幹都得有幾分能耐撐腰，而那能耐，不是靠人家施與的。

我也未曾懷疑過爲何老闆要我直呼其名「理查」，好像我們一下可以平起平坐，卻說到他的管理哲學是「只有獨裁，絕無民主」！面試那天，當他對我說：「在我的字典裡，只有『獨裁』，沒有『民主』！」時，我只想到大約是因爲他曾打過越戰，帶過兵，現處於這家銀行裡，怕是把會計部門也當軍隊使喚。而他的職稱「Controller」，在他心中並不只是個職稱，還有其他許多發揮，都是當時未經世事的我無從想像的。

那是一家坐落華盛頓首府市中心的銀行。在這號稱「巧克力城市」地域裡工作，我室友是黑人，擠地下鐵「耳鬢廝磨」的也是黑人，銀行雇員更八成是黑，我下屬五個人裡，便有四個黑人。天天在黑霧裡進出，各吃各的飯，各敲各的鐘，久了早成色盲不分彼此，我也並不覺得異樣。

第一星期上班時，還在熟悉環境，摸索公事。理查開會進出，常會經過我的桌邊。隔個距離望去，他個頭不高，但走起路來抬頭挺胸，虎虎生風。一手夾著公事，目不斜視，拿破崙統帥似地讓人不敢靠近。每經過我桌旁時他總會在我桌前駐足，露出那讓人感到體己的笑容，對我拍拍肩，輕聲地說：「我很高興能有妳在這！」而我什麼都還未做，聽了只想爲他肝腦塗地。

半年後，我下面人事變動很大，新雇進一些人手時，理查把我找進辦公室交代：「新人上任前三個月，正是他們三心二意決定去留的時候，所以要多攏絡！」我才知他在我初到任時的一些賞識言語，只是個手段。

但初時我哪懂？常常，望著辦公桌上刻著自己名字的木雕名牌，摸著各式進出大筆款項等著我簽名、或電話調款的文件，便覺得自己眞似在作夢。現不只工作，理查還幫我代辦居留身分，所謂「衣食父母」，那一陣，我可眞是敬理查爲父母了。

上任不久後，每天午餐理查都會把我找去，與其他幾位經理級人物一起會餐，邊吃邊開會。討論內容卻非賬目公事，而是與人有關，且全與我們手下的人有關。過一陣，我提心吊膽跟著學習的心情開始下墜，且竟有點不齒。原來他們討論的中心，全是我們手下黑人，且語多輕蔑。多半是談黑人如何不能勝任，公事上犯的一些錯誤是如何愚蠢……，一日聽著聽著，我忽一驚，是勢單力孤的心驚。因我才發現所有經理級人物全是白人，只有我一個黃人。兔死狐悲，我不能不猜測他們在我背後說些什麼？

但那是草木皆兵地讓人心慌，唯一能掌握的是不留人口實，工作上我絕不能出錯。於是三更燈火五更雞，我比誰都早到，比誰都晚下班，所有下面經手的文件我全一一檢驗，務必做到數字出入零錯誤。然而非常不幸，下屬交上來的報表常錯誤連篇，我追著數字找錯誤，天天弄得焦頭爛額。就在我打計算機打得像機關槍，昏天暗地地加加減減時，一天理查叫我進去談了，「妳，早上有沒有注意妳的下屬上班了沒？」

「有啊！都準時到了啊！」我奇怪地回想，確定看到每張辦公桌早上八點半都擺著咖啡、報紙，證明人已都進來了。「是麼？那妳到廁所看看！」他冒出一個莫測高深的笑容。次日，果然，五個人沒一個坐在桌上。我進到女廁，三個黑女正在那吹頭髮、化妝，且興高采烈地喧譁無比。我個性中沒有緊迫盯人的一面，也認為成熟作法是看工作成果不看人，只要工作做好，其他都可有點彈性。但這些人交出來的成績實在不夠看，便選了近來失誤最多的艾莉絲，叫她跟我來。坐下一比對賬目，才發現她根本沒有基本的收支觀念。這是奇怪的事，當初是如何雇進來的呢？

我反映上去，口氣只是疑問，理查卻當即下了個命令：「請她走路！」我嚇一跳。「但是，我們必須先建立檔案，要有三個公文記錄才能開除，否則會吃上官司！」理查對我面授機宜，像早有計謀似的。原來他現正有幾樁種族歧視官司纏訟在身。公文意謂著每次對方出錯，寫成報告，然後會審，再請對方簽字，簽字不見得代表同意，但代表對方讀過，然後公文進入檔案。三次對方便得走路。「妳一定要把她弄走！為公司好！不難的，我幫妳！」理查嚴肅地盯著我囑咐，像要求我爲國宣誓效忠似的。我唯諾中說不出反對的意見。到底才新來乍到，對公司痼疾還把不了脈。

於是一個月內，艾莉絲走路。六個月後，我下面換了四個人。每次公文會審，理查都親自參與，且派我坐一邊觀摩。但那哪是觀摩，簡直是「觀戰」。我這作壁上觀的，可看得驚心動魄。理查與對方對質時，沒有客套、沒有安撫，一出口拿起砲火就轟。那頭黑雇員也非省油的燈，尖牙利嘴一句句回，兩邊咆哮來咆哮去，血腥四濺一如戰場。但因公文裡證據歷歷在列，對方不得不簽字。簽字時，黑雇員總會掃我一眼，因公文舉證是我做的。我心一凜。

幾次下來，我發覺理查很享受罵陣、挑戰到征服這一過程，愈戰愈勇。只是做法上能否溫和一些呢？到底請人走路是很挫傷人的事。而且，一定要批評他們的衣飾麼？黑人有個奇怪現象，薪水雖不高，住處也很破爛，卻很注重打扮，穿金戴銀且色感濃烈，但並未違反銀行要求的正式，剩下只是個人風格之事。理查會審時卻連個人風格也要指控，我覺得這中間不無由「事」跨界到「人」的地方。一次我向理查反映，理查聽了只緩緩抬起眼皮，狀似從容，眼光卻逼人：「我還正想和妳談談呢！妳的管理風格似乎太軟太弱了些！」箭頭一下回指，我想到公文開除三部曲，便沉默了。

那陣子我的日子開始難過了。上面一味地壓，下面一味地反彈。我新出校門，便捲入美國這百年之久複雜的種族情結中，再加上自己的黃種膚色，與中國特有的含蓄保守作風，在各方面明爭暗鬥之下疲於奔命，且吃了不少無處可投訴的暗虧。偏又屋漏偏逢連夜雨，一直奇怪手下人都是有基本會計學歷的，怎麼連基本會計觀念都沒有？一翻出他們的資歷，赫然發現都是沒聽過的學校，找人事處查，這一查才眞相大白，有些學校查無此人，有些是查無此校。怎會這樣？人事處主任對著我的大驚小怪卻不以爲然，「妳看看薪水，這樣低的薪水，妳還指望什麼？」

呆了半晌，覺得應該斧底抽薪。我向理查反映，是否能調高薪水，找更合適之人。「有必要麼？都吃一樣的餉，兵不好，是帶兵的人不會帶！」他滿臉寒霜。然後，他悠悠不經意地問：「妳那身分的事，辦得怎樣了？」我像被掐了脖子，一下啞了聲。

又要馬兒好，又不給馬吃草。所有賬目便靠我這頭把關抓錯，交上來的賬我得全重新作一遍，工作時數可想而知。漸漸地，我的笑容愈來愈少，工作愈來愈無力。整天拉長了臉，才覺得能罩得住那些比我兇悍的黑人下屬，處處察言觀色，方覺攀上了一點白人經理級的邊。但不經意間，仍瞥見白人一堆，黑人一堆，各有各的圈子在那算計著對策。當他們溜過來的眼光掃上我時，我瞬間發現這像作了無數次的噩夢，每個人都有屬於他們的圈子，只有我，跑來跑去，惶恐地找不到屬於自己的圈子。於是，我開始了我的失眠之夜，望盡長空，不知明天又會出現什麼樣的狀況。

漸漸地我開始有了讀臉的習慣。大街小巷裡，我不斷地偷窺那一張張飄過身邊的臉——

那些疲倦又漠然等候地鐵的臉，是否也有暖笑的時候？

那落魄街頭，只剩下一對麻木空洞的眸子後面，是否仍殘存一點過去的光輝？

這些臉的背後，是否有著不同的故事和心境？

看遍眾生後，最教我心動又羨慕的，竟是那些女工的臉。不管是嬉、笑、怒、罵，永遠透著沒天沒地的瀟然。她們的工作卑微，她們的擔子並不輕省，但在一天的勞力操作之後，可以坦然帶著一身的疲倦，回到家裡吃喝享受得像個皇后。

而我呢？望著地鐵站廣告櫥窗內的那張臉，又嚴峻又緊張，數夜無眠而不見睏意，下了班卻又像肩上仍扛回了多少的公事和心事。笑，已像埋在深雪中的冬天，是失落在遙遠南方的記憶。而那年我才二十二歲。來美多年，我初次體會到光憑語言、學歷，也有敲不開的門和跨不過的牆。

一天中午，又照常是吃飯開會。理查閒閒地說：「今天我找瑪莉莎談，」瑪莉莎是我下面新雇的人，我心開始吊起。「我告訴她：『妳有很強烈的體味，最好去看看醫生，免得空氣污染！』」我叉子突地「噹！」一聲落下，敲到盤子。一桌人若無其事望了我一眼。有一人繼續冒出：「是有夠難聞，每次我走過都不敢呼吸！」那頓飯他們談笑間灰飛煙滅，我卻有想嘔吐又吐不出的感覺。

回到辦公室，幾乎可聞到山雨欲來風滿樓的味道。但桌上公文堆積如山，我別無選擇地一頭埋進去，一切便隨之拋諸腦後。我喜歡數字，數字是可靠的，數字不會欺人。幾個小時悶著頭做得一切皆恍如隔世，不知今夕何夕，突然因著一個問題我去找瑪莉莎談。我手才拍上她肩，她便一把粗魯地揮掉。站起，轉身，瞪大了眼，便在眾目睽睽下揮著拳對我吼：「妳！你們！你們自以爲是誰？把我們當動物般對待！」然後又哇哇叫了許多，許多別部門的人都跑來圍觀。噩夢似的，白人一堆，黑人一堆，各自成一圈，而我被孤立於圈外。

我錯愕、僵立又血冷，有口難辯。內心不斷告訴自己：「不能倒，至少這一刻不能！」硬生生吞下許多委屈、憤怒與不知所措，努力定睛望著瑪莉莎說：「妳現很情緒化，等妳平靜後，請到我辦公室來一下！」然後轉身，挺著背，直直走回辦公室。一進去，關上門，眼淚便奪眶而出。

那一下午，我想了很多。想到哥哥和我不久前的電話對話，我說：「理查是那樣一個能幹角色，當初怎會看錯人，看上了我呢？」哥哥卻回：「妳錯了，妳正是理查想找的人，一個『黃皮膚』的『女性』經理，正好調和他正被纏上的幾個種族官司壓力，同時妳又那麼老實聽話——他要的，就是妳這種人啊！」現終憬悟，自己只不過是一枚白人拿來將軍黑人的小棋子，是個被塞了點鈔票來打發別人的窮小子，我還以爲自己有多少斤兩呢？

也是近一年走來，初次我對所謂的「解放」有了不同的認識。美國歷史上黑奴雖已號稱「解放」，但那只是外在大環境的解放，許多人內心深處至今還殘留尚未拔除的主子與奴隸意識，不管是白人，還是黑人。而理查做的，只是換個形式的壓榨。他正是一本越戰精神，在這黑森林中衝鋒陷陣，玩他不斷征服再征服的把戲。

遞上辭呈，理查是有點訝異的，因他桌上正擺著一份關於我的公文。我一目了然，對他說：「不用三道了！省省吧！」他怔了一下，說：「我沒想到會走到今天……」後似乎想把句點打得冠冕堂皇一些，話鋒又一轉：「但我不需爲妳擔心，妳已由我這學到了一切——」我不耐地忽地站起，第一次打斷他的話說：「『一切』，我不敢說，但至少，我學到什麼時候停戰最好。我不喜歡無意義的爭鬥，你那手牌再精采，我也不想玩了！」

說完，在理查的錯愕中，我悠悠蕩蕩地步出了銀行大門。

小人物狂想曲

在華府市中心一家銀行上班時，我住郊區。市中心寸土寸金，停車大不易，所以我每天要乘三種交通工具上下班。一大早先是開車到公車站停車，再搭乘巴士去地鐵站，然後，由地鐵把我帶入熱鬧的市中心，再步行到公司。下班亦然，只是反過來再走一遍。

我想我已是老美國了吧！等車搭車，身處異鄉街頭、車內，既無新鮮，亦一無恐懼，只是漠然。心理學家說人在紛雜喧鬧環境中，都有在心中下一道隔絕外界藩籬的生存本能。而我的隔絕藩籬，便是一本書。每天等車、坐車空檔中，我夾雜在大堆黑人，少數白人裡，不管是坐著、站著、擠著、晃著，我讀我的《未央歌》、《唐祝文周傳》、與《駱駝祥子》……沉浸在周身一無所知的神祕世界中，我讀得如癡如醉，對外界一概視若無睹。當時的吃書速度，平均是每兩、三天一本。

那天，在公車站亭下我正讀到高陽的《慈禧前傳》，在雕龍鋪金的清宮生活中迷走難回。

忽然，身邊有一聲音殺入清宮：「對不起，對不起，請問妳是否正在讀中文？」

我抬眼，眼前是一中等身材的美國人，白人。一身土黃西裝，領帶色彩中規中矩，人長得小頭小腦，是個長相普通的平凡小職員樣。他態度卑微帶點熱切，似乎對中國文化有著興趣，而我卻早過了初來美，大發熱心向美國人推銷中國文化的階段了。況且，只有窮酸小國才需要自我推銷，台灣雖小，但我背後可頂著幾千年悠遠的文化在那撐腰。這幾千年文化，諒他再有興趣，也非三言兩語可以說得清楚。所以無所謂地我哼了一聲，低下頭再繼續閱讀。

「哦！我最愛中文，中文是個美麗的語言！」身邊聲音又再次侵入。

我再抬頭，這次瞧清楚了，他稀薄微捲的金髮貼在腦門上，顯得小心翼翼。臉上五官排得有點侷促，眉毛膚色都淡，一對藍眼球透明透亮地透著好奇，是孩兒似的好奇，在近三十的臉上。

「是因爲中文神祕？」我微帶諷意地問。因美國人常把聽不懂的話語一概稱爲「Talking Chinese」。他卻馬上雞啄米似地點頭同意：「對，對，是神祕！我娶了個中國太太，五年，卻還是摸不清楚。」

哦！是中國女婿，不早說，我把書收起，和他攀談起來。我們一路同車到市中心，他比我晚兩站下車。路上他顯得很健談，但說話有點瑣碎，且比手畫腳，更顯得臂長手大。他說他叫馬可，有三個學位，十幾年的貿易經驗，也曾自己開過公司，現正在一家法國貿易公司作經理，常出國跑路。話說得又多又快，加上手勢，顯得急切，一點經理架勢都沒有，倒像個跑龍套的。我也交換了名字、職業，但多半還是他說，我聽。

後來我們又在車站碰到兩、三次，但因素昧平生，交談有限，不見人影時，想大約是出國去了，便把這人丟在腦後，再埋進高陽的其他清宮世界，擔心著強敵壓境。

那一陣，我工作的銀行，人事糾紛鬧得烏煙瘴氣，我每天處理人事眉頭深鎖，焦頭爛額。一天，接待小妹說：「外面有人找你！」報上名卻一點印象也無，跟出去一看，是馬可。他在會客室中站起，方發現他個頭比想像高，是縮頭縮腦使他矬了一截。「你怎麼找來這？」我極訝異。

「我沒有妳電話，妳曾告訴我妳在這家銀行做事，我便找來了！」他有點不好意思地說。不簡單，一個人名，加一個銀行名字，居然找得上門。而這家銀行上下八層樓，我在四樓工作，他也能一路問上來，是得有點能耐。

「我有件重要事想找妳談！」他四下望，似乎覺得那裡不方便。我便約他在附近的咖啡店談。

原來馬可所工作的法國貿易公司正在擴張，想加一條東南亞路線，所以他想邀我一起加入。我猶疑了，只聽過戀愛有街上相遇，一路跟回來的，這也只有小說裡讀過。工作送上門？還沒有聽過。他看我猶疑，便說：「現在公司也許很小，只有五、六人。但小公司就這點好，當公司成長（grow）的時候，妳就可隨著公司長！」他說「grow」的時候，兩手像拔一棵樹，由下往上作拔地擎天狀。我目光隨他手往上投射，好像在雲端望見一個企業王國。當時，工作正處於水深火熱，我很想逃避，他的「公司長，人就隨著長」的說法，不能否認，相當眩眼。

於是，我答應隨他去公司看看。同乘地鐵時，他又順便介紹了公司狀況。他說公司十年前是由現在的法國老闆創立，主要是由法國進口美酒，有些固定客戶。他半年前加入，是想幫公司開拓東南亞市場，邀請我加入也是因爲如此。然後，他兩手又開始往上「公司長，妳就隨著長」了。

公司是眞小，像兩間房的公寓。除了大老闆有私人辦公室，他這美國經理占另一間，其他人便全圍坐兩間。所謂其他人，也不過一位法國老祕書、一埃及女接待，及另一法國女雇員。現若再加我這中國人，可眞成了聯合國了。

大老闆長得「很法國」，瞇瞇金魚眼，寬臉，厚唇。講話總是眼觀鼻、鼻觀心，嘴與下巴嘛成一線。他姿態慵懶，面試問題不多，仍是馬可在旁發言的多。由公司出來，我心已願意八成，我嚮往小公司人事簡單，沒有太多政治傾軋。馬可問我當時年薪，說願爲我再加兩千，事便一下敲定。

剛去上班時，馬可常不在，多半是去東南亞出差。大老闆每天都到，卻菸一枝接一枝地抽，把自己淹沒在層層煙幕裡，對外不聞不問。新上任，工作全靠我自己向另一法國女雇員黛絲探問、摸索。黛絲英文不好，口音很重，人家聽不懂，卻又不耐多說，看來是個沒耐心的法國姑娘。好在工作簡單，多靠電話接洽，一些報關手續用語也很公式，很容易便上手了。但奇怪的是不知為何，黛絲所經管的一些案子，漸漸開始出現在我桌上，她解釋起來，也不見請求幫忙之意。但想她口齒不清，我這口英文稍微強些，我們老祖宗不是說「能者多勞」麼？也便不再計較。

法國老祕書也很喜歡支使人，一會兒叫我倒咖啡，一會兒差我出去買三明治，論職分她在我下，但論輩分她是長輩，當然，這是中國人算法，想她老人家一個，有事弟子服其勞，也將就了。

一天，黛絲忽問我：「妳知道誰是世界上最優秀的民族麼？」

怎麼不知？用膝蓋想都知是中華民族！我慢條斯理拿起咖啡杯靜待下文。沒想到她以一貫法國人眼觀鼻，顎嘶起的姿態吐出：「是法藍西民族！」

我一口咖啡差點吐出。從小便被順理成章地灌輸：中華民族才是世界上最優秀的民族，現怎麼變成是法藍西？我啞口呆坐，有種受騙感覺，卻一時不知是被自己的文化所騙，還是被她？想到這中間的一些不對勁，我忽然跳起，把她塞給我的一些公文全放回她桌上，一字一句地說：「最優秀的民族，是自重重人的民族，以後自己的工作，最好自己做！」然後跑到老祕書的辦公桌前，也正式宣告：「從今以後，no more coffee, no more sandwich!」老祕書眼睜得好大。

回到自己位子，好久還滿心不痛快。兩眼尾線畫得高高上翹的埃及接待伊蓮娜，笑嘻嘻晃過來說，「妳終於弄清楚狀況了，我剛來時也被她們當奴隸使！」望著她我啼笑皆非，我們倆背後文化加起來有上萬年吧！怎麼會落得如此境地？難道優秀民族就意謂著民族優越感？視別種人皆「非我族類，其心必異」？但不知爲何，這唯我獨尊的排他民族意識，又有點似曾相識。

過一陣，馬可由外地回來了，興奮莫名地把我找去。他激動地揮著一堆資料：「我們的好機會來了，大陸，中國大陸要開商展！有幾百家美國商家要參展呢！」原來是美國商務處要在北京辦商展，這是八〇年代初期，大陸還未完全開放，美國想藉此商展投石問路。「大陸什麼都缺，賣什麼都會有銷路，什麼都能賣得進去的！」他兩手飛舞，語氣激昂。「日後，要重用妳的機會可多了！」我知道，是因爲我能講中文。他兩手又在那比「公司grow……」了，還沒比完，老祕書便探頭問他何時去買三明治，他一下跳起，一手摸上腦袋，「一個燕麥麵包？兩個五穀麵包？」一一點完，便往外跑，跑得還眞快。

我拿著商展資料回桌上看，發現對大陸介紹得不著邊際，把中國人講成非洲人似的，說中國人落後、奇特、迷信，且難討好。怎麼會這樣？而且商展住宿處介紹亦顯示，五百人只能擠一家旅館，加幾家民舍，旅館布置設備要比美落後三十年，主辦單位請求參展人要有耐心、要合作，並要多方謹愼小心，不要觸犯禁忌……，許多的提醒，許多的小心翼翼，我讀得五味雜陳。這比八國聯軍時對中國的態度，是大有進步，但對中國的認識，卻沒有差太多。

接下來幾個月，我們眞忙起來了。很多公司來電探詢機會，我們也主動出擊邀請一些商家，電話響個不停，傳眞也不斷往外吐紙。我和黛絲忙著接洽、估價。馬可在我們身後跑來跑去，提供資料，也發號施令。不知何時，他身也挺了，人也高了，立於桌前，居高臨下講話，多了幾分睥睨，也攙了點官腔，凌氣指使，蒼蠅似地什麼都盯著。

但他又並不眞的能拿出什麼決策，立定什麼制度。事情繁雜起來，他分不出輕重緩急，政令反覆無常，一下東、一下西，一個緊急，下一個更緊急，小小辦公室弄得雞飛狗跳，人與人間難免擦槍走火。黛絲不滿馬可的指使，馬可不滿黛絲的固執，伊蓮娜生氣老祕書兇她，我更爲做事沒方針，檔案沒系統抱怨。所有混亂反應上去，又讓馬可急得抓瞎，開會時在大老闆面前指責我們幼稚，我所提的企畫書，也被他一手攔下說：「小公司，沒有設立制度的必要！」然後差我去買咖啡。

我忿忿拿錢出去，伊蓮娜陪我。我一路抱怨：「事情不是這麼做法，制度老這麼模糊，公司再怎麼成長也吃不下，底層基礎太弱了！」伊蓮娜只笑著聽，末了，接一句：「是啊！如果公司眞會成長的話！」我呆了一下，停腳。望著她慧黠上翹的雙眼，猛然意識到什麼。沒錯，事到如今，我們忙得熱鬧非常，但卻沒有訂單，一張都沒有。許多交涉都還停留在探詢估價。

接下來的日子裡，我鎖定要求對方下訂單，一家家打，一家家問。每掛一個電話，心中便下沉一點。理由不外乎：

「聽說中國大陸與外國做生意不用現金，而是以物易物，很原始的，我們不敢做！」

「東西就是賣過去，他們也是向我們貸款買，他們不會花一分錢的！」

「再了不起，他們大概每種貨品買一件，然後大量複製、盜印，做得起來麼？」

「妳還當眞啊！這商展只有美國政府當回事，因爲美國想藉中國大陸，作爲美俄關係的調劑！這是政治，不是商業……」

上門生意見風不見影，非常不看好。忽然，我像一腳跨入另一個星球，對辦公室裡的槍林彈雨，我開始置身事外了。天天，冷眼馬可如何在法國大老闆面前努力討好，回頭再怎麼對我們頤指氣使。一場夢啊！全是一場夢啊！他卻演得如此熱烈。果然沒多久，電話愈來愈少，傳眞愈來愈安靜。終於有一天，電話八條線都沉默下來了，馬可幾次拿起電話，看是不是壞了？有點不可置信。

我們這一行算是買空賣空，交涉生意全憑開口，所謂的吃「開口飯」。所以當不需要我們開口時，便表示沒生意，沒飯吃了。初時大家還試著掩飾那份閒坐無事的尷尬，大老闆三天兩頭不露面，馬可也常憂心自語：「客戶呢？客戶都跑哪去了？」漸漸地，有人帶報紙、遊戲來打發時間。我也拿出另一本小說來看。辦公室充滿著閒情逸致，彼此碰頭不再劍拔弩張，反而多了分和氣，互問：「怎麼還不到下班的時候？」

做主管的馬可也少了許多虛張聲勢，變得寬大、從容了。走路輕巧如貓，誰也摸不清他何時來，何時走。以至於一天，他由我座位身後冒出，還嚇了我一跳。「在看什麼書？」他探過頭問，和初識時一樣好奇。翻了翻書背給他瞧，是林語堂的《京華煙雲》，說：「再怎麼繁華，都如過眼雲煙！」

「啊！中文！美麗、神祕，不可捉摸！」他仰首有幾分玄思。繼而，望了下四周，四下無人。他低首，手悄悄一伸，一張紙放上桌，一細看，是他找工作的簡歷。「麻煩妳幫我打一下字！」語氣極輕、極為客氣。難得他信任我，我點點頭，把書一放，也很有默契地輕聲說：「也請你幫忙，給我寫一封介紹信？」

永遠的亨利

想到亨利，就想到山。一個在生活中踉蹌，便把靈魂依附山裡的老人。是他，爲我揭開了山的神祕，使我這都市長大的孩子，也有機會探入山裡，見識山奔放巍然的美麗。

但那是個意外。因爲初識亨利時，並不覺得他生命背後，會有這麼廣大深厚的世界作他生活的底蘊。因爲他看來實在不過是個——唉！怎麼說呢？一個糟老頭子。

那時，我在一家航太公司做電腦工程師，亨利新搬進我辦公室做室友。坐在那，只覺他好似從電影《時光機器》裡轉來的，那瘋狂又糊塗的老教授。一身衣褲皺得像把霉乾菜，右臂上還扯了個破口，在公司進進出出，飄揚的布頭像面過時的勳章。白髮也永遠似剛由風中走來，而且必是勁風，所有髮絲全飄揚向右後方招手。

老實說，置身在我們這穿衣不是兩件、便是三件式西裝，說話、舉手投足都有一定架式，極其講究「專業」的環境裡，他實在像一位由養老院散步來參觀的訪客。

雖然是退休年齡，然而亨利卻是我們公司裡的特約顧問之一，養老金加薪金，一領就是雙份。倒也不是因爲他有什麼過人的能力或學識，相反地，過去幾十年裡，他設計過的武器早打不過人家，他研發的航太系統也已早遭淘汰。且人雖過氣，脾氣卻常新，常抱怨電腦的不可靠，工作上一概拒絕碰電腦。也不知從哪抱了台電動打字機，有事沒事都一字一敲地打，敲得又用力又猛，似在抗議任何一切的日新月異。然後要交的企畫報告，再用剪刀膠帶剪剪貼貼地成章。看得人不知今夕何夕。

沒有人弄得清他是怎麼被雇進來的。但公司是個大公司，那一陣又剛好挺有錢，吸引了不少閒雜人等，便也不多他這一口飯。

我只是奇怪他的太太爲何對他的外表不大管事？如果他還有個太太的話。

直到一天他在電話上和太太吵架，抱怨前一天太太爐火沒關好，差點引起失火的事，才確定他是有個太太，只是不大能幹。掛了電話，他仍繼續老年人的嘮叨在那抱怨。

聽聽我才弄明白，亨利的太太精神不大正常，而且是自年輕便有的毛病，只是婚前瞞住了亨利。倆人戀愛結婚後，病時犯時發。亨利爲了給太太治病，到處搬家，就精神病院附近找工作。太太只要好一點，便又捨不得接出來同住，過一陣又不行，又送進去……一生歲月，就是無止盡地和太太裡面一個看不見的影子，徒勞廝鬥。

亨利有張瘦長、板刻似的臉，道道切痕深沉而悒鬱，連笑都顯得悶苦。是不容易啊！但亨利不是個哲學家，他的苦難並沒有把他熬大，反而把他壓低、熬小了。他在生活中是嘟囔抱怨的多，怨太太老在生活中出紕漏，怨工作上科技變化太快。同事都聽多了，一般老美是沒什麼聽的禮貌這一套的，只要他一開口，全部人都閃出我們辦公室。而他也習慣了沒聽眾，仍可自言自語好一陣。

一生缺少一對傾聽的耳，要如何消解心中塊壘呢？亨利把所有的精力都花在種菜與爬山上面。也眞見效果，他種的不管是瓜還是菜，全碩大鮮美。放在辦公桌上，像躺了個嬰兒，大得嚇人。常讓我想起大陸「大躍進」時，動不動便宣稱幾十斤重的大白菜和白蘿蔔。

而那些平常對他不大搭理的同事，這時又會一個個嘻皮笑臉地出見辦公室門口，都是討菜來的。好在亨利也不計前嫌，仍一一送上。我也分到過包心菜、生菜之類。菜葉子嚼在嘴裡，脆得耳朵都有回聲，新鮮得不得了，十多年後的今天仍然忘不了。

亨利愛做的另一件事，就是上山，把加州附近各式大小的山脈都爬遍了。連感恩節這美國最重全家團聚的日子，他也是在大峽谷飄著雪的谷底，和些爬山老友餐風露宿度過的。

在亨利辦公桌前的牆上，貼滿了山的遠景近照，色彩鮮明，引人注目。且是得深入山的心臟地帶，才照得到的那種角度。就這樣把大片大片山脈峭壁，送至我們那僅十步大的小室，弄得一向畫山只會畫三道曲線的我，常常望著、望著便傻了眼。山，原來可以如此立體！這麼層疊！

亨利看出我的心動，抽出地圖便熟練地指出每一座山區的特性，以及穿織綠影中的蜿蜒曲線。這時的他，眼光神采都忽然顯得專業起來。複雜山線，在他指尖下全被一一簡化，就好像他的生活。把顆心赤裸成原始的單純，面對一世苦難，就不再算是熬煉了吧！也虧他時時人在山中，回到紅塵，才能心中有山，再怎麼大不了的煩惱由山頭望下，都沉到谷底，變得微不足道了吧！

因他的指引，我也開始走入山的世界，成爲一個愛山，而且敢於親近山的孩子。這方面，我是感謝他的。只是，同坐一室，聽多了他抱怨太太又忘了什麼差點釀成大禍，想到一個人就因爲對方一個眞眞假假的病，毀掉一生，也眞爲他不値。一次，我忍不住問：「你太太是有精神上的病，婚前她家又沒對你誠實以告，爲什麼不考慮離婚呢？於情於理都說得過去呀！」

沒想到他睜大了眼，憤怒得連聲音都大了，氣也喘了，他回問我：「我怎麼可以？她根本沒有生活能力，我怎麼可以？」

這樣一句引以爲怪的反問，居然讓我無言。明顯地，他看的不是婚姻、不是自己的生活和愛情需要，他看的是這世上有一個「人」，沒有他便無法活下去。一個爲道義而付出一生代價的人。一個望來平庸的小人物，裡面卻住著巨人的性格。

可惜，十年河東十年河西，公司開始不景氣了。那一陣子風聲鶴唳，人人自危，都打起精神來找工作。每次，看到亨利穿上他那唯一的一套最好、但過時的西裝，便知那天他有面試機會了。而居然，以他由風中走過的白髮，也可在公司不同部門內找到三個月、兩個月的「小工」。

重要的是，他還在。而他的存在，不知爲何，給了我們這些人某種程度的安全感。連亨利那樣過時過氣的人，都能有一席之地，以我們的「年輕有爲」，還怕沒有飯吃麼？

果然，後來我找到新工作，調到別的部門，也搬了辦公室。但時不時，仍會在走廊裡瞧見亨利，穿著最好又過時的西裝，仍在科技夾縫中穿梭，仍在苟延殘喘中生存。

推銷員為什麼死？

紛雜的人聲、不斷浮現的面孔，一波波撲面而來，纏擾不休。年過六十的維利繞著整棟房子衝來撞去，卻總是噓喝不止。終於，在茫茫夜霧之中，他推門，獨自一人駕車衝出，迎向生命彼岸奇異的呼喚，直直奔向毀滅……

一個推銷員的一生，便隨著一聲巨響，了斷。

這是亞瑟・米勒的百老匯名劇《一個推銷員之死》中最後一幕。整個話劇細膩而深刻地刻畫一個推銷員，是如何在生活中把路走絕，以致最後毅然反身，選擇走上死亡之路，留下一筆爲數不菲的保險金額給他悲痛的妻兒。

但是，他爲什麼要死呢？他的妻子在墓前百思不解。房屋貸款只剩最後一期即將付清，錢並不重要，人才重要，他爲什麼要尋死呢？

是啊！推銷員爲什麼要死？我也在問。那時，我正在美一家航空公司做事，剛剛才因輸掉一個上億美元的航空系統企畫案，整個部門瞬間捲入一場兇猛的裁員風暴。人員篩減，公文銷毀，眞眞乒荒馬亂，灰飛煙滅。幾星期內，原本燈火興旺，人影倥傯的一層辦公大樓，竟不可思議地因著一個、一個人員的遷出，開始熄燈、聲寂，漸至死沉，近似一座遭人遺棄的寂寞廢墟。

我因移民身分問題，許多機密案子不能碰，但又不能棄身分走人，便只好繼續死守。找工作的日子裡閒坐無事，便常在那座荒城裡獨守一室，不斷翻讀《一個推銷員之死》的劇本，想找出亞瑟・米勒的生命答案：一個推銷員爲什麼會死？

一日讀著讀著，忽覺大樓裡的靜默一片可怕，襯得內裡的騷動喧譁不安。合上書，爲了活動筋骨，我下到大樓的底層。是輔導員工就業的一間大廳，現也近乎棄守，似一座鬼城，一個人影不見。放眼望去燈光慘白，空氣清冷，耳邊絲絲傳來電波的聲音，四面牆上白紙飄飄，似冉冉招魂的白幡，對一些快要絕望沉船的人召喚引渡。那是公司由四面八方收集來的工作資料，對被裁的員工算是聊盡人事，仁至義盡。

踱步過去，我的足音在室內引起寂寞的回聲。細細瀏覽壁上招貼時，一股冷氣風拂過後腦，彷彿覺得身後仍似幾星期前的熙來攘往，絡繹不絕。但那時雖是人影川流，四周卻罩著一層凝重。人人低聲微語，謙卑地笑，謹愼地窺探，一副不知明天將如何的焦慮在臉上若隱若現。恍惚中，我似又望見那些灰白著頭，掛著老花眼鏡的一群夾雜人間。他們一個個重新穿上他們最好的面試西裝（多半都已過時），腰不再直、背不再挺，小小心心地瞇眼抄下牆上的資料（如果有合適的話，大部分皆屬過於資深，不合適用）。再臃臃腫腫地把自己塞進就業輔導室內那張小椅，辛苦地重頭刷新自己遺忘已久的面試技巧。望之不知怎地，令人酸鼻。

他們是一群被同一公司豢養十數年至數十年不等的中年人。一走出公司大門，面對的江湖便頓顯險惡。與他們競爭的全是初出校門，體力無限、鬥志無窮，而薪水卻很廉價的一批年輕小夥子。都四、五十多歲了，還要重頭開始，一大堆的資歷與經驗不但不能增加身價，反成了尾大不掉，容身之處之難尋，可想而知。他們老讓我想到電視「百事可樂」的廣告，其中所強調百事可樂的「一代」，全是俊男美女，教人妒忌地年輕，現卻似正對著這群流離失所的中年人露出一嘴白齒，笑出一片燦爛陽光。

難怪推銷員維利在生活場上被迫退席時，會無限感慨：「很奇怪！在經過所有高速公路、火車、商業會議，與所有的這些年後，最後下場卻是，你死了，會比你活著還要值錢得多。」於是，他選擇死亡。

但是，這也值得一個推銷員去尋死？

還好，咱們公司內那「百事不樂」的一代，紛紛憑著人事關係與各種手腕，在公司內部多少都找到一個角落蹲下，待著了。在那段人心惶惶的時候，最風行一時的說法是：「找工作並非憑你會做什麼，而是看你認識的是誰？」有點各顯神通，自求多福的味道。我的等待也不離這太遠，我正在等我的人脈幫我活動一個位子。眞是，人生能走的路不只一條，爲什麼要死？

瞄過牆上無啥新意後，我步回我那一層大樓，對亞瑟筆下的脆弱生命，踩出一聲聲抗議的足音。劇中推銷員的生涯便全花在路途上了。進入中年後，許多的奔波成爲徒勞，有時，他會開上七百哩路，卻賺不到一分錢。他太太曾憂心地對兒子說：「一個開上七百哩卻賺不到一分錢的男人，他腦裡會想些什麼呢？」

他想的不全是生活吧！不全是諸多貸款要付，生活上是怎樣怎樣地沒著落，更多在他腦裡纏擾不清的，怕是他這個人的失落吧！他的四面碰壁，轉圜不開，全戳破了他作爲一個推銷員的夢。在他夢裡，一個成功的推銷員是生前有大人物與他勾肩搭背，死後葬禮所有的客戶皆會趕來爲他致敬弔哀。他推銷的其實不是商品、貨物，他賣的是個人風采與個人特色。他推銷的其實是他「自己」，一個最禁不起拒絕的易碎商品。

幾條走廊靜悄悄，只有稀稀落落幾盞燈亮著。大樓之中無日月，凸顯出夜深人靜，便更有幾分日頭摸黑的怪異。我輕脆的高跟鞋踩碎了寂靜，走至轉角處，卻忽被一突然冒出的人影嚇得大叫。看清眼前那張臉後，心卻一沉，是他？他還沒走？

他原也是和我在同一部門裡做航空系統企畫案的。只是他是經理，我只是個小嘍囉，他不認識我，我卻認識他。曾看過他在客戶面前做簡報，一派叱吒風雲，有著鎮懾人的自信。

自信在美國這社會很重要，是冠上珠寶，熠熠生輝，常令人在芸芸眾生中眼睛一亮。那時走廊裡遇上，打招呼我多是仰視的，笑裡少不了幾分畢恭畢敬，不只為他的身分，還為他那分幹才。

但裁員後一片混亂，等塵埃落定後，我發現整層大樓只有另一頭有盞燈亮著。一次無意彎過去，卻赫然發現是他！怎麼也猜不著與我作伴落單的會是他，雲泥之差的身分，卻是相同落難的命運。但我是因著身分滯留，他呢？我頭一低，快步走過，怕面對這百事不樂一代中的最最不樂。

但他仍是在的。雖然，我從未再彎過去探望，但遙遙可望見那盞燈潑灑走廊的光影，或是他步入步出的孤零身影，總是一身筆挺，令人心酸地「整裝待發」。兩個尷尬的影子便如此沉默地迴避，又寂寞地作伴。一個月了。我讀我的《一個推銷員之死》，他呢？一個曾經日理萬機，有著「工作狂」綽號的人，現面對他「七百哩的空間卻賺不到一分錢」時，他腦裡會想些什麼呢？

當我讀到推銷員之死，並不始於他被強迫在工作場上退席，而是早在他風塵僕僕，卻奔波徒勞之時，便已在一點、一點地開始凋零時，我在心裡呼喚著：朋友，撐著，可別就此凋零了。再撐一陣，總有機會不知從哪會冒出來的。然後前幾天沒看到他，以為他找到工作，走了。沒想到他還在，且神情憔悴，帶著幾分鬥志消沉的落寞。

「妳還在？」意外地，他主動友善地對我招呼，也是初次，他對我平視。「看到妳這有燈……有沒有消息？」我搖搖頭，轉身時，意外地發現他亦隨我步入我的辦公室。是靜默太久，來串門戶？我示意他在我的桌前坐下，「你呢？也還沒有消息？」我問。他低頭謙遜地一笑，是我沒看過的一面。「有沒有什麼打算？」話才出口，便覺這眞似可恥的面試問題。他聳了聳肩，攤了下手，臉上的笑把原應是灑脫的姿態全給拖垮了。

我呆了一下，繼而給他安慰的一笑。翻出那本《一個推銷員之死》，對他說：「我最近正在研究這個，一個推銷員爲什麼死？他的兒子說是因爲他一生作了一個錯誤的夢，他一直不知道自己是誰，才會不能接受歸根結柢他只是一個『一毛錢可買一打』的平庸人。但是他的朋友卻說，一個推銷員必須有夢。推銷員的工作本來便沒有一筆一畫，全靠微笑、儀表與個性。他必須想得大，作得大！但當別人一一拒絕，且不抱以微笑時，便形同地震了，對推銷員那無異於致命的打擊！所以他才……」

抬頭，看他聽得挺專心，一臉的若有所思。我想了想，輕聲問道：「你認爲呢？是環境逼死了他？還是他不能接受眞正的自己？」他舉眼望我，兩眼望得發怔。

輯三

停格的愛情

因為陽光的記憶

每想到他，便會感到一陣戰慄，爲他那鍥而不捨的勁。是那樣一種可怕的堅持，堅持不把我給忘記。

然而，一切本始於無辜。

原本，我們是兩個世界的人。眷村裡，我住村頭，他住村尾。小學班上我坐前面，他坐最後一排。功課我常考第一，是班長、模範生、老師寵愛的好學生。而他，永遠居末座，老師從不提他，不正眼瞧他，不把他當回事。只除了一次，老師當堂提名：「宋××，你怎麼退步了？不是每次都是倒數第一，這回卻考了個倒數第二？」語帶譏諷，在全班的哄笑中，考卷半摔上他的桌子。

當時他也跟著班上傻笑，好像分辨不出老師說的是笑他的「反話」。

他長了個大頭。有人說他笨，大概是因爲他在家裡與妹妹睡上下鋪，從小老由上鋪摔到地上，所以給摔傻了。此話從沒人求證過，但他的頭是真大，如瓜下墜碰地似也不難想像。反正他是大家都公認地笨。

所以我與他，好學生對笨學生，女生對男生，在那年齡是絕對地井水不犯河水。但一天，母親卻向我問到他的成績了。然後對我說：「他爸生前和妳爸是好朋友，所以妳應在功課上幫他一把！」我們同住的村子正是空軍眷村。還記得曾在一作文簿上，我寫過：「空軍生命，像玻璃一樣易脆！」就因爲常有栽機。每栽一架，就是一門的孤兒寡婦。據說還有另外一個眷村，有一排房子全是孤兒寡婦！平常大家不多想也不提，但許多空軍眷屬生活，如踩在蛋殼上行走，死亡並非陌生的臉孔。

母親又說自他父親過世，他母親便離家去了台北，做祕書之類的工作。他與妹妹被小阿姨收留。而小阿姨又因在歌廳唱歌，認識了一個客人，現同居一起，他們稱他爲「叔叔」。是那樣一個畸零的家庭，讀書不容易喔！所以我應該幫他，母親這麼強調。

母親既這麼叮囑，我也覺得應該，一天，便找他一起做功課，約在他家。

那天下午上門，只有他在，妹妹不知「野」到哪去了。他妹妹的「野」也是全村知名的，偷、打架，闖不完的禍，撒不完的謊。但出面頂過的永遠是他，雖然都知他笨，做不出壞事，但他叔叔仍是照罰。打、罵便不清楚了，常知的是他被趕出家門，不准回家。他便躲在小學升旗台下，與冷風蚊子作伴過一夜。天亮時，再偷偷跳牆回家。下次妹妹犯錯，他又站出，讓人覺得笨得無可救藥。

那天下午，他開門，站在門框內，不知爲何抬頭看他，覺得他滿挺的，而且曬成棕色皮膚的大頭上，俊眉秀眼一臉英氣，不知是不是像他爸爸？跨進門時，心中還暗自奇怪：笨，會是這樣厲害的一個符咒麼？一經貼上，其他的什麼特質便再也看不清楚？

他帶我參觀了一下他家，都是眷村房舍，幾房一廳，大同小異。也忘了有沒有看到他摔笨的地方，只記得房內採光不大好，幾間房皆陰陰暗暗。當我在那探頭探腦時，兩人皆很平常地說著話，他語言簡單，但不含糊，也沒有別人常笑他的「白癡」樣。

後來他帶我到做功課的飯桌上，是個老舊沾著油污的桌子，上面擺著一盤冷饅頭，一碟辣蘿蔔乾。當時午後斜陽灑滿一桌，成了房內最亮的地方，桌上像鋪了塊金色柔軟的綢緞，什麼東西都亮著溫潤色澤。他教我用饅頭夾辣蘿蔔乾吃。因爲沒吃過，也因爲新奇，我吃了兩口，覺得特別香，和他相視一笑。那天下午，我們友善地一起做著功課。偶爾，室內回響著「嘎巴！嘎巴！」一、兩聲蘿蔔乾的輕脆嚼聲，在那午後陽光的一個角落，天地一片寧靜、祥和。

但接連幾天在學校，同學開始注意到他的變化了。「你看，宋××又在算人數了！」有人拍我肩要我注意。是在晨間的課間活動，學校安排我們跳會換舞伴的土風舞。那個年齡，男生絕對不愛女生。跳舞若要男女牽手，男生便會抱著肚子叫痛，然後喊：「吃錯藥！吃錯藥了！」好像神經正常的，絕對不會碰女生。即使是熬不過老師，也會找根草、撿根冰棒棍什麼的，一邊牽一頭。男女授受不親。

但那幾天卻有同學叫我注意了，排在另一頭的他在等音樂時，會一個個數，看怎樣跳舞時換伴，可以換到和我在一起。我回頭，果然望見他一臉認眞地伸個手指，在一一點算。他個兒高、頭又大，行隊中很難看不見，但他對別人的注意渾若無覺。當即我便羞憤極了，並沒想到數學那麼差的他，怎麼會有這種腦筋？只是看他毫不遮掩，明目張膽地算，在那男女敏感的年齡，簡直是要命。

我開始對他疏遠，視如路人。不只是未再邀他一起做功課，而且還看他那頭來，我就這邊閃。確定他與我的路絕不交叉、不相疊。我不喜歡同學把我與他聯到一塊兒。

但也有失算的時候。一天清晨上學路上，我騎著腳踏車一溜而過，穿過薄霧，溜過竹林，轉個彎後，在路小人稀的路上，赫然望見不遠處的前面，他正背著書包踽踽而行的背影。因由村子上學都走這條路，我別無選擇，只好硬著頭皮往前踩輪。錯肩而過時，他抬了下頭，發現是我，眼光閃了閃。我咬個牙，假裝視若無睹地繼續往前衝。

一會兒，卻意外地聽到背後傳來快速沉重的跑步聲。回首一望，暗叫不好，這個傻大個一手緊抱書包，一邊喘著氣，緊追著我的二輪跑。我嚇得愈騎愈快，他也愈跑愈快，頭上甩著汗珠子，嘴巴大聲吐著氣，卻從未出口招呼我，或喊一聲停，使得我亦無理由阻止。我假裝未見，緊抿著嘴，兀自悶著頭趕路。像兩個不相干共一段路的路人，地上是一高一低，快速移動的身影。偶爾一個遠遠地拋下另一個，偶爾兩個又纏攪不清，緊緊相隨。就這樣死命地給他追到校門。還好到了校門，他知道要閃開，免得遭人注意。我四下張望，偷偷吐了口氣。

日後每次路上碰見，他一定頑石般地撒起兩腿，賣力地追趕著我的兩輪。我從未問他爲何要跟著我車跑，他亦從未招呼我停車等他一下。說實在，被一個人不明目的，卻又死命地追逐，是一個奇異的經驗。我卻心知肚明在逃躲什麼，我在逃他那顆死心塌地要貼上來的心。

暑假放假，我鬆了口氣。不上學便見不到，雖住同個村子，我只要不走出家門，便應該很安全的。那時我家有個不小的花園，花木扶疏，夏天夜空裡，常浮飄著院子裡的梔子花香味。沒事我常在院中，望月哼歌，作著小女孩美麗的夢想。一晚，卻被牆外輕輕的叫聲給喚醒了。那是壓抑又緊張的聲音，又要我聽到，又不能教別人知道。一下在牆這頭，一下又冒到牆那頭：「莫非！莫非！妳出來一下！」小偷似地輕聲輕氣，偷偷摸摸。

我聽了，頓時噤聲。有點興奮，又有點不知所措。他叫我出去做什麼？腦中一片空白。經驗是新鮮的，但那個大頭又教我沒太多想頭。只好假裝不在，又屏聲斂息地極爲心虛，因知他是知道我在的。他又叫了一陣，沒回，也便沒聲了。隔兩天，又來叫，隔兩天，再來。

是那樣地不死心，探索、試探，叫魂似地叫。我煩惱透了。那種要躲著一個人的感覺，生活空間霎時變小，做事且輕手輕腳，怕他知道我在，好像做小偷的是我。

一晚，他又在牆外叫魂了，「莫非！莫非！妳出來一下！」終給哥哥聽見，他不耐煩地走入花園，門也不開，就對著牆那頭很兇地喊：「叫什麼叫？是哪家的狗在叫？不要在這兒吵！」很成功地遏止了那頭的叫魂聲。進屋時，老哥對我得意地挑挑眼：「怎麼樣？妳老哥厲害吧！」

是厲害，但也只安靜了幾天。信箱裡卻開始出現我的「情書」了。因是住同個村子，自是他本人專送。每每門外信箱蓋「鏗！」一聲響，然後便是一陣跑遠的腳步聲。

說「情書」，其實是指神近而非形似，全信不帶一個任何與「情」有關的字眼，而且言語平常，簡單幾句話，算是小學生式的問候。信紙也是一張骯髒的作業紙，上面鉛筆字跡歪七扭八，幾句話寫得掙扎痛苦非常。塗改痕跡歷歷在目，錯別字、注音符號拼音穿插其中，看得出他一生的學問全用上了。是這樣一封讓人啼笑皆非的信，拿在手上，卻驚心動魄，一顆想要表達什麼的心，是可感到燙手指的。

我從沒回過信。年齡上，我還是討厭「臭男生」的年齡，情感上也還沒開竅，對這一連串濃烈的表示，只覺得莫名其妙地「倒楣」。他約是也看出我的煩惱，在學校不再數舞伴了，但上學路上仍是追著跑，信箱也仍時不時躺著封信。

隔年初夏，一場滂沱大雨，到處淹水，我必須步行上學。走到校門口時，因是上坡，黃濁色大水迎面滾滾流下，竟氾濫成校門寬的一條大河。老師在門口指揮，一些學生脫了鞋涉水前進。我也吊顆心涉入水中，浸在冰涼水中的腳，像被許多魚由趾間溜過，全是被水沖流而過的雜草淤泥。我低頭，在湍流水中搖搖晃晃地緩行，有點頭暈，也有點害怕。走了一半，看著快速流過的水，忽覺發昏，抬頭，茫然四顧，也不知在找什麼。忽然，一隻手由後面伸來，是他。我因懼怕，一時拋除所有的矜持死命抓住，乖順地由他牽我行至校門口的乾地。

現回想，那絕不是一隻偶然冒出的手，而是一隻跟在身後多時、伺機待發的手。那也不是一隻小學生的手，而是一隻有力又穩定的手，一隻多年身爲保護者，哥哥牽妹妹，走過無數生活困境的手。是那樣一隻手，把我由大水中牽出。

到了高處，他鬆了手，看也不看我便離開了。約是感到我因他在人前的不自在。望著他背影，我著實發了陣呆。

初中，我考到私立學校。他與小阿姨一家搬走了，去處不清，只聽說他被送進工廠去做學徒。

高中，我又考到北部女中。一人隻身北上外宿求學。一次回台中老家，看到他幾封過期來信，地址是中壢，字跡仍是熟悉的樸拙，其中一封裡他形容我是：飛上枝頭變鳳凰。有三個字是注音拼出來的。

另一次回台中老家，居然被他找上門來。

那是個晚上，我正和母親兩人談心。門鈴響時，還引起母女倆一陣慌亂，因已是夜裡近十點，猜不出這麼晚會有誰上門？他在門外報了好幾次名，母親才開門。都大了，來看老同學，光明正大，他終於踏進我家門檻，第一次登堂入室了。幾年不見，我發現他也更高、肩更寬、更有唬人的帥氣。若換上一套他父親的制服，就是飛將軍的樣兒。但他的眼光，那咧嘴一笑的傻氣，仍是兒時的憨。

母親把客廳讓給我們，我們對坐話舊。多年來，我初次因成長這根魔杖，揮除掉所有幼年時的困擾，與他平起平坐，坦然以對了。然而當他一開嘴談時，這幾年的時空好似又凍結回去，不曾滋長了。他說：「我工廠很多人都知道妳……」

我奇怪了：「哦？怎麼會？」

「我常和他們談妳，他們都鼓勵我不要放棄！」他講得帶點自信，又有幾許驕傲。我想像他在生產線上與其他男女工人談我的模樣。他會怎麼說我？以他的長相，會很吸引其他女工吧？

「我好幾次想來看妳，好幾次在火車月台上徘徊，又回到工廠去。今天，是我第一次鼓足勇氣跳上火車，就這麼來了。」他對我說他的內心過程，像過去他的信，交代自己就是一種表述。

「但我在台北念書，不常回來，你來了，也不見得看得到我的。」我覺得他眞是瞎碰。

「我知道，但我第一次這麼做，妳就剛好在家!……」臉上冒出好大一個笑容，一隻手反覆前後摩搓著大腿，透出極端的喜悅。我也笑了，搖著頭，爲他這股牛似的傻勁。

當晚，他還得在工廠關門前趕回去。送他出門，望著月光，還在爲他遠巴巴趕來，只爲說兩句不重不癢的話，覺得不可思議。那時，我已到了對兩性交友猜測夢幻的年齡，而他卻絕不在我的夢中。所以，也無所動於衷。

那是我最後一次看到他。一年後，我隨父親公職出國，舉家遷美。故事卻還沒完。在異鄉第二年，父母有一次愼重其事把我找去談，說有我一封信。原來，他又傻乎乎跑回台中去看我了，卻發現人事全非。但他仍幾次晚上搭上火車，跑去我老家門口徘徊，像他幼時做過千百遍的動作。

終於一晚，他上門去問我家去向，知道是因公去美。這被大家認定笨傻的人，居然想到寫一封信，給當時的總統蔣經國，說他有個朋友，因家裡在外交界做事去美，失去聯絡，想麻煩政府轉一封信。蔣經國的平易親民，在此事上可是十足彰顯，信，眞的由外交部輾轉傳至我父親的手中。

出於保護，父親說他不打算讓我看信，但就讓我知道有這麼回事，其餘的他會處理。就此，才眞正斬斷他近十年的追逐。

女孩心的詭異處，就在當自己對對方沒感覺時，對方的一切追逐，都會被棄之如仇而逃之不及。對方再怎麼掏心掏肺，都落得「我本有心向明月，奈何明月照溝渠」。

但在又二十年後生命路上的「登高望遠」，我漸有了不同的視野。我發現這生命中的一段，原來並非一般初戀式的愛情故事。雖然，也是跨過巨大時空，歷經十年，橫跨兩岸，他對我一直不斷地追逐。但他追逐的不是愛情，而是愛。他追逐的也不是我，而是一個曾向他示友善的影子。他一生尋找的，是那屬於人與人之間的關懷，是屬於人最基本的生存需要。

因是那樣一個成長在寂寞中的孩子。世界於他是破碎，是不安，是殘酷。在他童年記憶裡，是被淚與屈辱淹沒的大海。因著內裡的渴望，他把我當作山一樣的指標，一次次如浪湧向岸邊，毫不氣餒地向愛投奔。

而我給了他什麼呢？一個陽光的下午、一個微笑、一個牽手。他不知道，當我騎著車飛快往前衝時，已把那一角陽光給逼退，給遠遠地拋在後方了。而我不知道的是，自己一個渺小的友善表示，就是他生命中僅有的仁慈，就是他全部的陽光。他追逐的，是陽光的影子，陽光的記憶。

這是我的戰慄，爲那樣大的渴求，爲自己這麼吝嗇的給予。無奈地，時間也許可以幫助人登高望遠，卻無法改寫生命的足跡。所以陽光，也成爲我淒美的影子，我遺憾的記憶。

吉米十七歲

第一次感覺背後沾上一雙眼睛時，我才十九歲，情竇未開。

那時仿效美國大學生，我邊打工邊讀書，剛找了家美國家族企業開的瓷磚店，做銷售員的工作。那家瓷磚店算是開了我的眼界，所賣的瓷磚全由歐洲義大利、巴黎等地進口，片片燒得精緻，單獨可以成畫，拼貼起來亦可登堂入室，代替壁紙與地毯，成為室內設計的主要旋律。

那一陣，我一下了課便趕去上工，奔向那五彩繽紛的片片彩雲中，編織屬於少女的夢。

就在我穿梭迷戀於一間間樣品屋時，忽然感覺到背後跟了對眼睛。也許，那對眼睛已跟了我好一陣了，只是我若無所覺。因為十九歲的眼與心都不大會回首，只光顧著往前看。更何況那對眼神並不灼熱，也不逼人，有時還似有若無，青澀梅子似的，引不起人翹首探詢。

終於，有一天我駐足、回首，瞧清了眼神的主人。呵！是個長了張長臉，臉上爬滿青春痘的大孩子。他對我咧嘴一笑，又笑出一副矯正牙齒的金屬套亮光。

經人介紹，得知他是老闆也在這打工的兒子吉米，那年正十六。為了表示「正視」他，我很誠懇地就著他的長臉作文章：「我應該猜得到，因你長得像你母親。」吉米的母親也來過店裡，不同於老闆從頭到腳的圓，她是長臉長個兒長手加長腿，一個邏輯的猜測。

「是麼？」吉米突然露出超乎他年齡莫測高深的一笑，笑得我有點靦腆，我覺得他是在耍酷。

和我一般所認識坦然大方的美國孩子不同，吉米是個內向的人。他話不多，更顯得長手長腳沒處安頓，是個穿著成人尺寸的大男孩。自認識後，我發現這大男孩特別喜歡對我跟前跟後。我搬不動的瓷磚樣品，他來搬。我找不到的配色圖表，他去翻找。身邊忽然多了名紳士，我享受盡了西方男士以淑女待人的種種好處，雖然我是在幫他父親做事。

相處稍長，一天，吉米對我透露他的背景，才知初識時我鬧了個大笑話。店裡的人全是他親戚，也全都知道，他不是老闆夫婦親生的孩子，他是老闆夫婦抱養來的孩子。而且，這「抱養」也從來不是個祕密。吉米說他四歲時，父母便對他說：「你是我們領養來的，但這不重要，重要的是我們一樣愛你，正如其他父母愛自己的孩子一樣。現在我們家希望再添一分子，最好是個女孩。這一次，我們希望由你來選。」於是，吉米便隨著父母去孤兒院，又帶回他現在的妹妹。

可眞教人意外啊！一向印象中的美國家庭多是婚變破裂，倒還沒聽過這類用愛來「東拼西湊」成一個家的情形。我的意外表情多少爲他帶來了預期效果，他那矯正牙套又對我閃閃放光了。忍不住地我好奇問他：「你在乎麼？」他聳了下肩：「都一樣，我相信眞正愛我養我的，就是我的父母。」聽他說的稀疏平常，我腦中卻不自覺地上演電視劇，那被領養又被瞞住一生的小孩，長成後一旦發現事實便受不了打擊，口口聲聲激動地喊著：「我要找我的親生父母，我要……」

想來電視是太戲劇化了。其實中國那句「有奶的就是娘」，實在不必看得那麼負面。到底在這世上，能抗拒「血濃於水」這定律的，還眞只有愛。老闆夫婦對吉米，明顯地比親生兒子還要愛，吉米對他妹妹也比親妹妹還要疼。這是店裡皆有目共睹的。

就這樣有一下沒一下，兩個打工的夥伴處成了朋友。只是，吉米的眼光仍會閃爍跟隨。大部分時候他在我面前，個頭雖比我高，眼光卻老羞怯朝地，重得抬不起來。轉身後，卻可感覺到那對長睫毛下的眸子，蝴蝶似地又飛了過來。我決定忽視，因爲我的世界不在這裡，十六歲的眼光也並不威脅我，我只暗自希望老闆看不到這一切，就是看到，也和我一樣忽視。

眼光又跟了兩個月後，吉米卻對我正式下邀約了。是他的十七歲生日，他約我上他家吃飯，而且據我所知，他只請了我一人，我可爲難了，心中久久難下決定。

一天吉米不在店裡，老闆在指示我工作時，很隨意地問我會不會去吉米的生日晚餐。我有點吃驚，心中拿捏著答案，看怎樣的答案會不得罪所有的人。老闆長了張紅蘋果的臉，充滿喜感，但認眞起來也教人不敢放肆。此時他半認眞半詼諧地瞇著藍眼珠，笑對我說：「我們都知吉米喜歡妳，只是妳不喜歡他。」被點出多日的猜疑，我有些慌亂，又有些羞怯。但他圓臉上卻找不出一絲責怪或要求。「吉米告訴你的？」我遲疑地問。

「沒有，但每次在店裡妳和吉米合叫一個披薩，妳知他得花多少的自制力，才能吃得那麼慢，而且還留給妳三分之一？要知他的胃口是十五分鐘內可一人吃下整個披薩的！如果那不叫喜歡，我就不知什麼是喜歡了！」他說得讓我失笑了，這一細節怕只有自己父母才會注意得到，而且還是很關心孩子「愛的動向」的父母。

「我和我太太眞的希望妳來，我太太還決定做烤鴿子招待妳。妳喜歡鴿子麼？」他眨了下眼，在那一眨眼中，我忽然意識到這個邀約不只是來自吉米，還來自這對父母。面對兒子的初戀對象，他們並沒有一般父母的挑三撿四，也不是用上司的身分在左右我的喜好。他們知道我這比他兒子大一點的中國女孩，和吉米重疊的機會實在不多。但他們仍用一顆父母心在懇請我，陪他們兒子走過這「少年維特煩惱」的一段。

向他點了個頭，我們互換了一個眼神，一個不言而喻的默契就此形成。

吉米生日當天，我盛裝帶著禮物上門，吉米一家人亦奉我爲上賓。桌上鋪著漂亮桌布，整齊地擺著盤碟刀叉與餐巾，全套。進餐前，我隨著吉米與他妹妹佩姬參觀他們的家。初次這麼貼近一個美國人家，發現美國人與中國人的最大不同，是在用錢的生活方式。中國人會把賺來的錢花在妝點門面，身上穿的、開的車子與家裡擺設等所有看得見的地方。而眼前這典型的美國家庭卻是穿的、住的、開的全看不出來是一家店的老闆。但家中成員卻每個人都有一項名貴嗜好，老闆夫婦養了一艘帆船，女兒佩姬則擁有一匹在外寄養的馬，至於吉米，他的最愛是賽車專用的一輛摩托車。

吉米的房間內貼了許多摩托車海報，書架上也陳設了許多獎座。當晚他興奮得臉上發紅，一反平日寡言，流利地一一介紹他房內的陳設。看得出來在這裡，吉米父母為他提供了一個容許他發展自己特色的溫馨空間。不知為何，眼前的「吉米」亦不再是個長了一臉青春痘，一無特性的男孩，反而蛻變為一個喜歡文學，收集各色石頭，又喜歡在風沙中狂飆摩托車的青年。

盯著那愈漸生動的臉，我相信有朝一日那副牙套取下時，他會是個挺好看的男子。

進餐間，吉米的父母與妹妹又補充著我所不知的種種「吉米」細節，他十七年來的點滴，他們眼中的愛與喜悅。用一種幽默親切的方式，像上帝造亞當時所吹的一口氣，把吉米更「吹」得鮮活獨特，也愈來愈「成形」了。同時，他們也帶著興趣聽我談著我的家、我的喜好。在一個友善的氣氛裡，我們互換著生命的故事。

我感到一對父母對十七歲兒子的尊重。尊重他對愛的嘗試，亦護航他在兩性中的摸索。是在他們的愛和尊重裡，吉米跨過寂寞十七歲這道關卡。

當然，吉米與我之間從不曾開始，亦不曾有什麼結果。日後我離開瓷磚店，也自然而然地結束了吉米的初戀。但這之間誠懇地認識彼此，對他和我，都是一次十分正面的兩性經驗。之後始終，我都未曾忘記自己如何曾經受一對父母的邀請，參與了一個少男初戀的夢。在他十七歲的生命裡，留下幾個輕淺足印，供他日後踩上，自信地走向未來更大的夢。

也許，每個少男都免不了走過一段維特的煩惱。但初戀，實在並不一定得化爲一杯苦澀。

明月照高樓

所有的殘缺，都渴望完整，這是人的向光、向暖性。曾經，生命像一塊殘了一角的月餅，碎碴滴滴答答地掉，人活得愈來愈減縮。於是，在另一人身上尋找那缺失的一角，曾是單身的我，最大的渴望與生活重心。

當然，也有人想在我的身上，尋找他遺失的一塊。彼此尋尋覓覓，總湊不出一個完整。但在勉強的拼湊過程當中，常會不可避勉地帶來傷害。

那時我還在讀研究所，在一座下一場大雪，天地便會全被淹沒的大學城裡。一直便未學會與孤獨做朋友，孤獨，仍是我最大的敵人。所以每當孤獨當前，人便特別感覺無力又無助。可想而知，當一位男孩對我表示有意，雖然心中了然分明，絕對走不出什麼樣的結局，卻無力婉拒對方提出只是「做做朋友」的建議。

但男女的內心揭露，常是一場冒險。當兩人談多了，談深了，不知不覺心房似繳了械，護城河上的橋也放下了，常給予對方可以登堂入室的錯覺。一旦對方眞打起感情旗幟，準備攻城陷陣時，少女的心又那麼愛恨分明，容不得一絲朦朧含糊，馬上敏感地再豎壁壘，堅請對方撤退出城，並掃除對方留在城內所有的感情線索。

那是一場不自覺的心靈拉鋸，在異鄉的兩個孤獨靈魂當中。自我欺騙，也使我看不清不帶感情地心靈靠近，竟會是凌遲對方心靈的一場傷害。

於是，多次他的來訪，都成爲一盤盤下不完的殘局。任何一點親近的暗示，都被封殺，有什麼討好，亦被無情地拒絕。少女的心冷酷起來哦！有時比城外波多馬克河結的冰還要冷硬。一次次他乘興而來，敗興而歸。

漸漸，他臉上的笑容日益僵硬，下樓離去的腳步愈益沉重，但從未收回「只做朋友」的邀約。而我因他眞正是個可以談心的朋友，也捨不得放棄這段友誼。但仍然，我開始良心不安了。尤其一個晚上，發現他在下樓離去後許久，都聽不到預期中應接著發動開走的車聲。那久久停在我二樓窗口下的車，了無動靜。偌大漆黑的停車場裡，就他一輛車泊在黑暗中，飄搖似一艘孤舟。我望都不敢窺望，只覺那車像鎮在心頭上的一塊石磨，成爲我的折磨，懲罰著我感情上的諸多不仁慈。直到夜深、人靜，才聽到他起動開走的聲音，我也才鬆下一口氣。

關係是愈搞愈僵。我的態度也愈來愈封鎖，甚至容不下一次友好的探訪。那一晚，是中秋節，他又被我「逼」下了樓。樓下又開始沉默地抗議，我先是憤怒，憤怒他老用這種方式懲罰我。又怪怨，怪怨他不了解我們的「不可能」，諸多示意成爲我們美好友誼的阻攔與困擾。但一念之間，我探頭了，探頭窺望停在窗下的他。月光燦然，更襯得他車內陰暗。隱約中，望見他像一隻受傷的羊，雙手捧頭扶在駕駛盤上，傷痛的身影是那樣沉重。我的憤怒與怪怨一下煙消雲散。忽然體會到感情的不可捉摸。我常自憐自己的形單影隻，渴望找到那遺失的一角，卻怎樣也無法喜歡他，那是一種感情上的無可奈何。就像他的喜歡我，也是一種無可奈何。我們只是捧著一顆殘缺的心，在不同的人身上嘗試搜尋。但感情無罪，對我的絕情給他帶來的傷害，我多少是有些歉意的。

扶著窗櫺，有些不忍。忽然，瞥見桌角有室友分送的一個月餅，豆沙棗泥裹紅泥金字紙的包裝，在燈下煥發起溫暖的光暈。中秋節成了中秋怨，是否能拿這月餅下樓與他一起分食，像過去分食我們許許多多孤寂的異鄉日子？下去吧！在人不能團圓的夜晚，用兩個殘缺，湊一個圓，也是一種人生。

終究沒有下樓。少女的矜持，以及潛意識裡怕永遠扯不完的恐懼，那塊月餅還是保留了。而且報復似地，從來吃不了一整個月餅的我，那晚，一口口，拌著對方扶在駕駛盤上的身影，硬硬給吞嚥下肚。淚也留了一晚，是在對一段共同的「過去」道別、送終，因爲知道這段友誼已走到盡頭。當晚天上那明亮玉盤，像盞靈堂不滅的長明燈，成爲我最好的見證，見證我埋葬了那段深刻的友誼。

多年後，讀《愛在瘟疫蔓延時》，提到人上了年紀，對年輕時的交往會有不同的寬容感覺。我雖尚未步入老年，但也已入中年，又為人母，有了點母性的憐惜，對自己年輕時一些感情的處理方式，常會感到抱憾。有些事，實在可以不要做得那麼絕，那麼傷害人的。於是補償似地，一次次我作著同樣的夢，夢到帶著母性的我，在月光下拿著月餅飛奔下樓，去到車邊，安慰車內那已面貌模糊的青年說：「人生還沒走完，不要那麼傷心。來，請你吃塊餅，今夜月圓！」……

輯四 收在記憶盒子裡

孩子王

隨著年歲癡長，我逐漸在忘事。許多教過我的老師面孔早已模糊，連名字也記不得，這是否是塡鴨教育下的悲哀？

但我記得他，姜老師，我的小學老師。只是我無法爲他在我身上的影響定位，是做人？處事？做學問？是言教？身教？生活教？全不大說得上。

但我記得他，用一種奇異的方式。且每想到姜老師，便不禁會自問：在這世上是否有一種老師，在好學生的眼中他是好老師，在壞學生的眼中，他則是位壞老師？

無論如何，在我這個所謂「女好學生」的眼中，姜老師是個讓人印象深刻的奇怪老師。

早在我進入姜老師那班前，便風聞他那班很難進。因在我念的那間小學裡，姜老師算是「名牌」，那意謂著他教的升學班升學率奇高，校長與家長對他自有一番敬意。

但由被他教過的哥哥和眾學長們那傳來的訊息，卻只有一個「兇」字，說他曾有一腳踢學生屁股，把學生由講台前踢到教室外的紀錄。但說的過來人口氣又不似餘悸猶存，倒像在說姜老師「很厲害！」、「很有辦法！」之意。現想想，在那個體罰的時代，學生還眞認命。

其實，我那時的功課也算拔尖兒的了。但爲更確定一些，父親還是親自到學校找姜老師說了一下情，想把我穩弄進他那班就讀。我聽了，只覺自己是在被求著送進屠宰場，講進去了也不覺得有啥幸運，只有忐忑不安。

但在尚未進入他班前，我卻有個機會一睹姜老師的廬山眞面目。是一天課間活動的時候，我和同學走過操場，望見一大群男生全趴在地上，圍觀著一位嗓門奇大、滿身塵土的大人，蹲在那，低著頭和學生打紙牌。只見那個大人雙臂挽起了袖子，玩起紙牌來全沒有架子，只有讓學生服氣的「狠」，和比學生有過之而無不及的「野」。間中還夾雜著大聲吆喝，一副十分投入的樣子。

「那就是姜老師！」同學悄聲地說。

「姜老師?學校不是禁玩紙牌麼?」我好奇地問，那一陣有學生玩紙牌牽涉到賭博，所以學校全面禁止紙牌。但可能形同「會讀書的學生就是模範生」，會教書的「名牌」老師，自然也可以凡事開例吧！搞不好，有人認爲姜老師教書有他的一套，而這不拘師道尊嚴的一面，就是他的「一套」？

後來才知姜老師也很會打球、打彈珠……，以及許多男生玩的把戲，這使得孩子們對他很服、很服。只要一下課，他走入操場，隨便指著哪一個男生說：「喂！來，比一下！」被指的人馬上便像得獎一樣興奮，其他幾個學生也一擁而上地圍上一圈。

而在那初見的一天，只覺得姜老師望來是那樣一個可親又好玩的老師，眞有點多慮了，我有鬆一口氣的感覺。

但進入姜老師班上大約兩個月後，有一次，他問全班一個問題，一問三不知，他便火大了，忽然很大聲地大吼一聲。我因個子高，坐在靠教室後面兩排，只記得當時他一吼，我眼前背對我的三、四十對肩胛骨，全倏地同時聳動一下。從沒有這種集體驚懼的經驗，全班噤若寒蟬。

姜老師有對銅鈴眼，是他的招牌，瞪起來時炯炯有神，誰也招架不住，只覺自己沒有一個地方對。那天，他那對大眼目不轉睛地左右巡視，兩眼中爬滿了血絲，每個人都像給纏死在水草似的血絲中，動彈不得。當時「嘎吱！」一聲，有人座椅忽然輕發一聲，全班又都抖了一次，二次受驚嚇。

好日子眞是過完了。隨著功課進度，姜老師開始祭出他的法寶，是一方戒尺。背書每次分兩邊，背得出來的站一邊，背不出來的站另一邊。等全班背完後，再一起算總賬，下手之狠和拽紙牌可說是沒兩樣。

自小，我便好勝又好強，父母都不大碰我、處罰我的。在課堂上當眾受罰？很不能想像，那成了心頭揮之不去的恐懼，所以每次都自動自發地準備好功課。

但被抽背時，仍有令人窒息的緊張。最險的是有次站在台前一字一句地背國文，原本會的也快被嚇忘了。聲音聽來都是抖顫的，氣若游絲。我可憐巴巴地看著背不出來，即將被打的那一排同學，不能相信自己快要被歸過去。絕望中，把已背出來的前一句不斷重複，再重複，像奮力抓住懸崖的一根小草，空中擺盪。全班都眼睜睜地望著我掙扎。居然，在重複中，記憶不知怎地又回來了，終於全部背完，喘了口氣回位子坐，才發現背上已濕了一片。

嚴師出高徒，大概就離這情形不遠吧！爲怕挨打，我的功課從沒掉過三名以外。

後來教育界開始有嚴禁體罰的風聲，姜老師打得少了。但對一位有創意的老師，這絕非問題。不乖、犯錯的學生，換一種方式來，不是被罰著在講台邊半蹲半站半小時，便是跪在講台正中央，然後讓全班同學排隊，每人輪流上去摸一下被罰之人的鼻子或耳垂等等之類。

「不要臉，我就讓你沒有臉！」常是姜老師判刑前的宣告。而夾在一群「執刑官」中，我的手常重得抬不起來。自尊，是讓我不敢犯錯的原因。但人總有失誤的時候吧！一旦自尊被貶低、撕破，人還有不犯錯的理由麼？所以，常被罰的學生就那幾位。而其他沒犯錯的人，反而常生活在「怕犯錯」的恐懼中，大哥笑不了二哥。

但不知爲何，受罰的總是些男孩子，很少看到女孩被罰。有人說：「姜老師喜歡女生。」是因爲那個年齡的女孩子，功課總比男生好？還是因爲姜老師就是喜歡女生？不知道，總之，他就是喜歡女生，尤其是功課好的女生。像我這一類，他統稱我們爲「女兒」，常「女兒！女兒！」地叫。雖然中年的他已婚，也有自己的小小孩，但我們這一群算是他在外結的一堆「桃李」吧！

我們這群「女兒」還被分配了一些差事，每當上課鈴響時，「女兒」要先幫姜老師泡好一玻璃杯他「御用」的茶，然後去辦公室「請」姜老師來上課。下課時，還有兩、三個「女兒」得幫他捶背、按摩。捶一陣後，姜老師便會舒服地仰躺在那一把老舊、帶手把的籐椅中，形同帝王。再由前胸襯衣口袋中掏出一枝菸來，點著了、深吸一口，然後把那對銅鈴眼瞇成一條縫，噘起彎鉤嘴，一長息吐出煙來，眞眞地快活似神仙。

「女兒」的任務不只如此，每當康樂活動課時，一堆女娃兒還要輪流上台唱歌。姜老師最愛聽〈情人橋〉，所以，一次又一次，一個個半大不小的女生便一手假裝拿著麥克風，尖著嗓子，有模有樣地「欸——白雲飄飄，小船搖又搖。沒到家門呀，先到情人橋」起來。若有走過咱們教室的人一聽便知，我們又在〈情人橋〉大賽了。居然日後，被他教過的學生裡，也搖擺出一個知名的電視歌星來。

上課如此地多采多姿，進度跟不上怎麼辦？自然是補習。在姜老師自家小小、低矮的房舍內，客廳正中堵了一張長桌，一堂課一次圍坐十來位孩子，窗口再放上一張黑板，惡補。

姜老師很懂孩子的心理，用無數一毛錢一粒、粉紅色長方型的泡泡糖，及來自各色來路的火柴盒做獎勵。孩子爲爭取獎品而在分數上努力厮殺，日後升學率果然很高。

就這樣，沒有春風化雨，只有一個個悶熱的夜，一波波薰人的菸味，以及姜老師一雙暴凸眼操著沙啞大嗓門，口沫横飛。那，成爲他獨特的教學風采。

後來聽到「天地君親師」這句話，便懷疑指的全是同一個人吧！至少，在那個年齡，老師就是孩子的天地，就是孩子的王。尤其是姜老師，每想到他，就想到被「女兒」圍成一圈伺候的景象。也可說姜老師不折不扣是把課堂拓展成江山，然後呼風喚雨，坐擁一方的，山大王。

方舟中的老靈魂

不知是歷史放逐了他，還是他放逐了歷史，在台灣很多眷村裡，都有這樣一個他。他們大多被稱爲「老張」、「老區」、「老王」，或「老×」……，沒有人眞知道他們的全名，也沒有人在乎他們的背景。一般人只知他們是由大陸來台的孤家寡人，已退役，混不到眷房，又沒一技之長。只能在村子邊緣，開一家小雜貨店，和村中人共一段人生。

至於他們的個性、愛好與慾望，沒人關心，也乏人問津。在那國勢舉足維艱，凡事克難的時代裡，個人存在只剩形式，沒有內容。

而咱們村子裡，便有這麼一位，叫老趙。山東體型，壯實漢子，還當兵似地光著一個頭。一般揉麵講究三光，盆光、麵光，手也光，於老趙卻是臉光、腦袋光，那常穿汗衫下面露出的肚皮，亦發著光。

他的雜貨店就開在村子邊。所謂村子邊，是指眷村住屋之外的空地。自不可能大，又因是違建，所以不過就木箱似的一間小屋。

小屋孤立於排排擠擠的眷房外，常四處流動。有時漂至村口，有時又漂至路邊，全看眷村怎麼發展，各家怎麼改建，哪裡是交通要道，哪裡又淹水等等情形，再隨之移位漂流。

雜貨鋪是用簡陋的木條拼貼四壁，箱型，離地架高一、兩呎。正前右邊有一小門，正中一扇占大半面牆的窗，由窗內吐出一寬檯面。白日，日用雜貨瓶瓶罐罐由裡排出來，夜間合上，床位架出，便成一葉封閉安穩的小小方舟。

小房旁邊也開一側門，燒飯、方便，全由這門進出。一個小爐，一處草叢，便解決人生的許多大事。洗澡怎麼解決？從來沒人問，也沒人在乎。因老趙看來圓面和氣，感覺上並不髒。

整個空間，不會比現代公寓廁所大，卻不可思議地擠滿了許多貨品。開門七件、小孩各式各樣的零嘴玩具，及零七八碎生活雜物、文具和藥品，上下左右，花花色色，看得見的空間全掛滿、擺放到幾乎找不到他這個人。顧客上門，不管是大人小童，往往要吆喝一聲：「老趙！」然後，由不知哪冒出的一聲響亮：「欸！」才會由物品後看到那張咧著嘴笑的圓臉迎出來。

小時候我常幫母親跑腿，買醬油、買肥皂，買什麼都總賒著賬。每次去，都會聽到長年播放的收音機，流行歌、廣播劇及中廣新聞，是老趙孤獨滯靜生活裡，唯一穿插的一點笑語人聲。「老趙！買醬油！」我嬌叫一聲。「欸！」老趙由暗裡冒出頭，有時戴著老花眼鏡由報中抬頭，有時正用一條濕手巾擦那油亮腦袋，有時是放下筷子，大粗瓷碗中尙飄著豬油蔥花的手擀麵條。隨時隨地出現的那張臉，都是和善好脾氣，好像沒有第二種情緒。

除了幫母親買東西，我自己也常拿著學校省下的飯錢上門。那一罐罐酸酸甜甜的蜜餞，色彩鮮豔的糖果，與各色各樣的小玩意兒，常吸引我買一點、吃一點，再玩一點。錢自是不夠，卻又貪婪地不忍離去，便指著一項又一項地問：「老趙！那是什麼？好不好吃？」「這個呢？好不好玩？」有的老趙拿出一些請我吃，有的也卸了包裝讓我玩，總要摩挲流連老半天，不想回家。

還有一種戳紙洞抽東西的遊戲，一毛錢戳一個洞。因圖紙糊著謎底，下面的寶藏顯得特別誘人，一抽便很難停手。每次在那抽，都會問：「老趙！老趙！我抽了多少錢啦？」

「多少錢？我沒仔細看，妳自己算！」他笑嘻嘻地說，眼不離他手邊的事。

小孩鬼靈精，聽出口氣中可以鬆動的餘地，馬上說：「好像再三個洞才一塊錢！」

那時不知老趙對自己是特別寬容，以爲老趙是糊塗、是算不清，或對做生意根本不在乎。

小鋪地方就那點大，塞兩個人轉圜就是問題。但因母親上班，我回到家也是一人，放學後乾脆在鋪裡待著打發時間。他也從不趕人，任我在那盤桓。但我若站著，老趙就得坐，我若坐下，老趙便得站著，屋裡就一把椅，也只放得下一把椅。屋小人高，他一站起就直不了身，所以，小時候去，他多把我抱在身上逗著玩。大點時去，一鑽進去尋寶，他便得站在屋外和我搭訕。有時會問：

「小非啊！學校考試考怎麼樣啊？」

「國文考一百分！」我得意地說。

「嘿！這麼能幹！送個獎品給妳，妳自己挑！」

有時又說：「小非啊！唱首歌來聽聽！」

「唱什麼歌呢？」

「什麼歌都好！」

我便把小學裡學到的歌，一首接一首的唱。每首唱完他都鼓掌叫好，我表演得樂不可支。間中有顧客上門，我便老裡老氣幫著招呼、幫著賣。「老趙什麼時候多個女兒？」客人笑問。「可不是？和自己女兒一樣？」他笑呵呵地答。我也不以爲意，因感覺上老趙是看著我長大的。

一次，老趙端了碗自己擀皮做的水餃上門，說是他的生日，餃子還冒著熱氣。大門口，母親還在道著謝呢，我卻已當場一隻餃子塞進嘴，是韭菜味兒，挺香，但皮厚了點，噎人。我鼓著腮幫子問：「老趙今年是幾歲生日？」

「五十五囉！」老趙有些不好意思地摸著光腦袋。

「五十五還年輕，還年輕！」母親安慰似地說。

「才不，不老怎麼會叫『老趙』？」我不服氣地說，把母親、老趙都說笑了。

那時，眷村最大特色便是人多，每家都有好幾個活蹦亂跳的小孩，眷房永遠是人滿爲患，聲息相通。相形之下，老趙孤家寡人，便顯得特別「孤寡」。他一人守著小店，漫漫長日，或打著睏盹，或跨出囚室般的小店，立於屋外閒站發呆。有時在附近走走，又不能跑遠，小店還是得看著，便常在望得見小店的幾十呎範圍內，來回徘徊，眞似狗一樣爲小店給栓住了。漸漸，有人出門便會告知，「老趙！麻煩你幫我看著門！」「老趙！大門鑰匙待會請轉交我先生！」「老趙！收電費來時你幫我繳。」或是請代收郵件，老趙無不笑著一一接下。現想想，鑰匙、錢、信件，全是個人東西，不信任還眞交不出手。

就這樣，老趙成了村中的守望者。陌生人來，一個也逃不出他的法眼，我被一群野孩子追著跑回家，也被他吆喝著趕走。像村口大樹，老趙常立於店前的沉默人影，漸成了村內最熟悉的風景。

有時我也會想，當老趙立於店前，眼裡望出去的眷村又是什麼樣呢？是熱騰騰的人世吧！一早，每家忙著上學、上班，叮嚀、道別聲此起彼落。下午放學後，小孩又呼朋喚友地往外跑，在村前廣場奔跑追逐，玩得又瘋又野。傍晚時，一家家母親站在門口，大聲喚著孩子回家吃飯。晚上有人搓麻將、有人打孩子、有人夫妻吵架、有人洗澡唱歌……總是活生生地居家過日。望著這一切，他是冷眼？還是熱眼？

他腦中想的又是什麼呢？過去？怕是已不堪回想。未來？又沒有什麼想頭。一個人，生活在囚室似的空間，沒有過去、沒有將來，連現在都無所謂內在世界與外在生活，那是多麼可怕的空白？感覺上任何人若只是呆滯地活著，怕都是個麻煩。

有一年新年，小店關門了好幾天，沒人知道老趙上哪去了。小店再開時，老趙穿了少見的襯衫，端整了幾天，讓人陌生。後來又脫下只剩汗衫，回到原樣。「老趙，新年上哪兒去玩了？我們這兒都沒人看門了！」有人問。「上朋友家，打打小牌！」老趙仍咧著嘴笑，看來無恙。但常找他廝混的我，卻發現他的眼光不同了。不論是坐在店裡，是立於店外，老趙的眼光，都旁落於物品之外，而且常投射與店相反方向的遠方。若仔細追隨，他眼光恍似春風下的飛絮，騷動不安，擺盪幾下便飄過眷房，飛向遙遠的天邊。

後來幾次，母親要我拿錢上老趙那結賬，老趙都有些靦腆：「不用結，不用結，我還欠莫太太錢啊！」但母親堅持結賬：「他欠是他的，我們欠是我們的，兩回事！」後來母親私下對我說，老趙有了賭的習慣，輸了不少，向母親借過好幾次錢去還。但母親教我，小店是他的營生，不能用我們奢的賬來還。要等老趙日後方便了，自然會還。

但當我再去買零嘴、文具時，老趙和我錢算得愈來愈不清，近乎半買半送。那時我已對錢愈來愈有概念，再也不能把白吃白拿視爲理所當然，也不想被老趙這樣變相地還錢。漸漸除非必要，幾乎不再造訪小店。

慢慢地，小店關門時候愈來愈多，剛開始大家還抱怨著不方便。但也很快就習慣了，最近的店也不過就在村門口外的街底，只不過再多走兩步，便解決了生活裡種種的瑣碎需要。更何況，老趙原本便是生活裡的一個邊緣人物，一個邊緣人物要由邊緣滾落，本來便並不太難。滾落後，甚至也沒幾個人伸頭探望。

只是，我每出門，經過那窗收門合的小屋，總覺好像一葉收了槳、啞了口的方舟，內裡靈魂現不知正漂流何方？

終於一日，母親的錢也沒還，小店也頂出去了，老趙人影竟完全消失不見。小店是頂給一村外的陌生人，家不在此，做完生意便關門回家。大家不只吝於交出鑰匙、錢和信件，還隨時隨地防著他，斤斤計較價錢的合理不合理。

不久後，我在就讀的小學裡，又接觸到另一葉方舟。也是家小店，賣文具果品，方舟主人叫「老汪」。他的方舟，有時在校場邊的榕樹下，有時又移至校舍旁的操場邊。老汪也是個退伍軍人，長得瘦長蒼白，老穿著黑。他的臉白，眞像墳墓裡悶久的屍白，他的一身黑，又像墳墓裡飄出的鬼影，守著小店，從不見他出現在陽光下。只見他成天垂著眼袋，吊著眼，緊盯著每一上門買東西的小女生。學生中有人傳言，要小心老汪，他很會「抓人」，尤其是女生。

我直覺地提防著，每次買東西都從不進門。站在店外，用手指，等老汪拿出再算錢。那年齡對「抓人」，並說不清是怎麼回事。但我看過不只一次，一、二年級小女生進門買東西時，會被老汪一把抓過去，抱在懷中往臉上親，然後手往女孩的下處摸過去。因地方並不隱密，女孩一掙扎他便放手，一個又一個，學校不知有多少小女學生曾被摸過。

長大些後，懂了身體界限的不容侵犯，方知那就是性侵犯。懵懂間，對方舟裡可能孕育的黑暗罪惡，若有所知。

再大些，接觸到更大世界的豐富，對一個人必須日夜倨守一葉小小的方舟過日，且經年，覺得很不可思議。

待自己戀愛、成家、生子後，嘗到人生必須環繞在愛與關懷裡，才談得上生活，忽覺老趙、老汪的生活，簡直空洞得可怕！

近年，自己也步入中年，更覺五十多，其實一點也不老。開始覺得方舟裡的老靈魂，其實是被村人「老趙」、「老汪」……老什麼的給叫老的。也是因爲戰亂時候，時代翻轉，他們被迫掐掉生活，斬斷人世，硬給沉入生活的古井裡，獨守一隅卑微地活著。然而屬於他們的血氣、慾望，與許多無處可流出的愛，無計消除，方舟便成爲各種罪惡孕育的溫床了……

這樣想想，對他們生活中表現出的不同軟弱，雖覺不堪，但也有些諒解與憐憫了。

那一方光明

曾經國外的中國餐館，是許多留學生都要走一遭、蹲一下、歷練一回的地方。也可說，中國餐館是許多留學生來美的一個渡口，或一座驛站。待攢足了學費與生活費後，又會一一起身、上路，各奔各的方向。

自然，在我異鄉的成長日子裡，也免不了得走過這一段餐館的「成年禮」。但不同於一般留學生，我那時是個住在家裡的大學生，並不缺生活費，賺的只是零用錢。打工的餐館，也不在人聲鼎沸、熱氣滾滾的中國城內，而是沉靜郊區邊緣裡，一家專向美國人賣中國文化的中國餐館。就是那種餐座上掛幾隻紅紅宮燈，吧檯又配上幾串閃爍得不倫不類的聖誕燈，然後炒什麼菜都放蠔油、甜酸醬，看來不管是黑是紅，都糊糊一片的美式中餐館。

在那兒工作，我是被安排在餐館進口處與吧檯相連的收銀機位。做的是帶位、接電話與兼點外賣之類的活兒。那意謂著清清爽爽，不沾油煙。每天穿得稍微體面一些，掛著青春不怕用盡的微笑，站在門口「送往迎來」。

也是去到那，我方發現餐館裡自有一套生態的系統。大廚最大，甚至有時大過老闆。成天處在火大油煙大，又沒冷氣的廚房裡，操作揮舞起來脾氣自然也大。每次送訂單進去，都得看他的臉色施惠。然後是不苟言笑，又精明幹練的老闆經理，眼觀四方、耳聽八方，招呼客人，清桌、騰位，什麼都快捷地能一把抓下。接下去是跑堂的男女侍應生，動作俐落，反應零活，嘴巴該甜時甜，該兇時也一點不是省油的燈。曾見他們因客人小費留得不夠，而追出門外對著客人背影臭罵。

至於收盤碗的busboy，廚房內洗碗與洗菜切菜的副手等等，則被排在最下，也最沒有聲音。可說是一環剋一環，各有各的求生之道。只有我，是奇怪地被摒除在這生態系統之外。

可以說一開始工作，我就發現自己是個沒有名字的人。每個人都叫我「大學生」，而且是齒間帶笑地叫。如果位子帶得不如某人心意了，一大桌客人帶給乙沒帶給甲時，侍者甲更會衝上來，用吼地叫：「大學生！妳懂不懂得規則？」只差拳頭沒送上鼻尖，大概還因爲看我是個女的。

還有一次碰到母親節，這在美國是個餐館的大日子，許多家庭都給母親放假，上館子慶祝。當天客人成群，一波接一波，桌子都來不及撤換。帶位的我看著心急，便下場幫忙，跟著收拾碗碟。只記得當時因怕桌布撤換時會搞丟，我一手拿起小費盤，一手在桌上不停地撿拾。沒想到那桌的女侍應生不但不感激，還氣勢洶洶地趕過來，一手搶過小費，然後兇悍地白我一眼，再把一桌零碎丟下給我，轉身而去。

就那幾塊錢，誰會污她呢？年輕的我哪見過這種陣勢？退回收銀機位時，眼睛都紅了一圈。驀地，旁邊冒出一體貼的聲音：「妳先暫時守檯，我來幫妳帶位！」回頭發現是喬治，餐館裡的酒保，他看出了我的委屈。

也就在喬治進進出出幫我忙的時候，我一邊暗自奇怪著，過去，爲什麼沒有注意到他的存在？

日後，因吧檯在我所處的收銀機旁，一不忙，我便開始偷窺喬治，看他怎麼調酒。他有一雙藝術家的長手，在酒瓶杯子間熟稔地跳躍飛舞，但臉上表情一逕是漫不經心。側面望去，臉尚有點浮腫，且白得發黯，是長年不見天日的白。他的個子在廣東人裡算高，但有點駝背，從而眼光似乎也跟著擺低了，對人、也對人生。

然後成天穿著一件白襯衫，一襲灰長褲，領口並沒像其他侍應生打一個可笑的領結。似乎也是因少了這個領結，使得他的身分也曖昧起來。每天，早上十一點他閒閒地晃進來，只調酒，支薪不拿小費，經理也很少支使他做些不相干的雜務，工作得與世無爭。

幾番觀察，我確定他也是個沒有聲音的人。而且，也奇怪地是個生存在生態系統之外的人。

一天，我由學校下課，趕來上午餐的班。外面正是陽光燦爛的時候，一進門，一時還不習慣室內的黑暗。等數秒後，方看清眼前那張浮腫的白臉，正直直對著剛進門的我。但他並不在看我，而是對著我身後亮麗的陽光，臉上幾分恍惚，幾分眷戀，又有幾分的消沉。那種屬於夜晚的消沉無奈，在白日正午時望來，特別驚心。

他望著玻璃門外說，他曾也是個念商學系的學生。大學畢業後，企管碩士也念了一年……後來呢？後來他便在這家餐館一待七年。「但是，我是不會像老梁在這待一輩子的，」老梁是餐館內的一位侍應生，在餐館已做了二十多年。「有一天，我要把企管碩士念完，然後去做生意！」說完，便拿起抹布去狠狠地擦著杯子。

七年？對那時十分年輕的我是個太長的數字。此時門外篩入一些細碎的日光影子，室內許多東西在開始現身。宮燈上積塵暴露，地毯亦現油漬污濁，平時無數人影轉進又轉出的一個個桌位，此時在黑暗裡正無言地落寞。一個小小自成一格的宇宙，一個黑洞裡的世界，七年，是太長了一些。

後來，我發現他常對著門外觀望。有時我也順著他的眼光往外瞧，可以望見玻璃門外那一方光明，有陽光下明亮的建築線條，有晃動的人影車影，有粲然的樹與透明的空氣。是寧靜，也是熱鬧，是所有屬於生命中的美麗標記。

每當他立在檯前往外望時，背影總透著幾許寂寥。在他眼前是寬廣的世界，背後則是暗不見天日的黑洞。我彷彿感受到他沉默臉後的呼喊，我彷彿聽到他心中強烈的渴望：破門而出！破門而出！走入那陽光染成的水族世界，走到外面去眞正體會日光的暖度與風的涼意。走出去，好好地感受自己，感受自己仍眞實地存在，而不是黑洞中的一隻地鼠。

我不知是什麼原因讓他滯留在這黑洞裡。早聽說即使像餐館這樣一個沒有太多文化的地方，也是一個人一個故事，且全禁不起翻。但我知他原是一個有著熱騰騰生命的人，現卻沉浸在菸酒霧氣中，每天接觸晶亮的瓶杯，閃爍的彩燈，與昏暗迷濛的一對對眼睛。

有時我也不禁想，當他望著門外那一方光明，是盼有什麼生命訊息向他走來麼？是盼某種歡悅的希望會含笑迎向他來？他知不知道他需要的，只是抬起腿來走出門去？

「有一天，我是要離開的！」不只一次，他對我說。我點點頭，也意識到這是使他活在生態系統之外的主要原因。

由此，我也了解自己的「不屬於」，並非是因我的不會講廣東話，雖然那很足以把我劃在一個圈子之外。我驚異地發現餐館內其他幾人在此停駐的時間，有的五年，有的十年、二十年，還有的更久。他們是「屬於」這個地方的。他們的「一生」，也是耗在這個黑洞裡的。

而我的「不屬於」，正是因爲我可恥的年輕，與我在此工作的玩票性質，那一聲聲：「大學生！」不知藏了多少的不屑，因我每下場幫忙，都顯得笨手笨腳。也不知埋了多少的不平衡，因我是由那一方光明走進來的。不只如此，我還要再走回去那一方光明之中。

於是我很引起他們的反感。晚上下工吃飯，常把我擠到最夾不到菜的末座；進廚房叫外賣，也常似聽若未聞，一拖再拖。若抓到我的錯，便更要大肆發揮了。這對不解世事的我是辛苦的。再怎麼青春，我的笑容也快掛不住了。

於是喬治常幫我掩護，插手相助。卻被他們譏爲喬治是醉翁之意，對我有追求之意。但我能分辨不是。我知他靠近我，是在藉著我靠近那個世界，那個充滿陽光、盼望與生命的世界。

但每至傍晚，黑幕拉下，喬治便會收回眼光，開始倒酒、加冰、反覆搖晃酒的混合液體。此時我都會心中一沉。我望見他額頭隨搖酒而皺起幾條紋路，唇邊亦抿出耐心而認命的兩條線條。駝背的他，望來不似個三十出頭的年輕人，倒像個年邁蒼老的老人，一個靈魂窩在黑洞裡發霉、起皺的老人。四周蒸騰的聲光、酒氣，像道鐵幕，終落在他與人世之間，咫尺天涯。

而外面的陽光與生命，隨著黑夜，隨著煙霧迷漫，在漸漸遠去。光明的一方，似退縮成了電影，上演的是別人的故事、別人的歡笑。光明的一方，成爲白紙一張，垂下眼簾，一切便隨風而逝。

紅裙飄揚下的美麗

中學時上下學，都是以腳踏車代步，每天風火輪上飛來飛去，好不威風。

一天傍晚，快騎到村子口時，卻忽然發現前面不遠處有個奇怪景觀。三名二十出頭的年輕男子在馬路上並肩行走，頭卻全齊歪向一邊，盯著左前方一名妙齡少女的背影出神。我眼光亦不自覺地被吸引了過去。

只見那妙齡少女留著及肩微彎長髮，一副高挑身材，穿了件迷你裙，露出一雙修長美腿，再踩一雙三吋高，每步挪移，長髮微跳，腰肢下的臀部亦跟著扭動，極短的迷你裙被搖擺出層層美麗的漣漪。

當時剛由國文課裡學到「窈窕淑女，君子好逑」，現發現居然是眞的，很興奮。快馬加鞭趕上前，想看看那美麗背影的正面是怎麼回事？一旦錯肩，卻又嚇了一跳，那背影也許妙齡，正面卻有一張年過三十操慮世故的臉。而且是個熟人，是住在我家隔壁多年，早生了兩個孩子，且看著我從小長到大的鄰居。我尷尬地叫了一聲：「姚阿姨好！」她無意識地回眸一笑，對身後的幾對好奇眼光似乎若無所覺。

而「姚」其實並非姚阿姨的本姓，那是跟著姚叔叔叫的，即使日後姚阿姨與姚叔叔離了婚，我們仍是改不了口，仍稱呼她「姚阿姨」。

回想自小印象中，凡稱呼「阿姨」的，似乎都是些比母親年輕又漂亮的人物。

但姚阿姨則有點不同。雖然她眞是比母親年輕，但因她長得瘦高，又在一家洋機關做事多年，在那個女人皆以家為主的六〇年代，立於家庭主婦間，她是顯得鶴立雞群，要世故老到得多。

雖然，她也比母親漂亮，但她的漂亮並不屬天生麗質型，既無雪膚花貌，且長得小眉細眼。但她會打扮，在那女人出門頂多撲些粉、搽點口紅的時代，姚阿姨早會描眼畫眉，濃豔抹地為自己改畫一張臉了。

猶記得小學時有一次，母親要我去姚阿姨家問要不要打牌。正是傍晚時分，我立於前面庭院裡喊話，姚阿姨由窗口露出一張臉回話，我吃驚得差點說不出話。因不知為何，微光下姚阿姨由窗口露出的那張臉，望來挺陌生，雖然輪廓看來仍是姚阿姨，但五官卻全遁了形。卸妝後的姚阿姨白了一張臉，兩道眉不見了，原本黑深、眼毛常翻的雙眼，現亦縮小、擱淺成兩葉窄小的核桃舟。而五官退位下的臉龐，反凸出了兩頰顴骨與一張薄唇，眞好似蛻了一層皮，讓我不敢逼視，趕緊要了回話便溜。

但大部分時候的姚阿姨，紅妝白日鮮。她的打扮亦不只停留在臉上，而且在身上亦十足發揮。穿著既開放又時髦，流行迷你穿迷你，流行掃地寬大喇叭裙褲，她便進進出出不嫌煩地掃來又掃去。在她身上永遠有最新的流行與最引人矚目的看頭。

又有一傍晚，她爲參加姚叔叔軍官俱樂部的舞會，盛裝好後，在門口等姚叔叔開著軍用吉普車來接。當時只見她吹高了髮挽上，耳邊搖兩隻大圓耳環，且穿一身當時流行的露背喇叭裙褲，露出一身骨感的背上稜線，亮麗十分。

「姚阿姨好漂亮！」正在門口玩的我不禁讚羨。她咧嘴一笑，邊睨著自己鮮紅十指，邊顧盼生姿地等。有對路人自門前大路走過，目不轉睛地盯了十秒，悄悄地交換了幾句。經過我家門口時，我隱約中聽到幾個字：「……眞像酒吧女……」

我有點氣憤，兇兇地手扠腰對他們瞪過去：「看什麼看！」還好姚阿姨並未聽到。

不管怎樣，由孩子的眼中看來，姚阿姨是個多彩多姿的人物。尤其她有幾件充滿色彩的大裙子，圖案大膽，顏色鮮明，在軍官俱樂部跳起舞來，舞裙翻飛，會飛出大片大片的絢爛。其中我最喜愛的是件玫瑰紅大裙，小腰下鑲有一層層下垂的花邊，膨膨地快到地，很像當時我們著迷的一些兒童讀物裡畫的公主打扮。

而與她共舞的姚叔叔雖不高，卻也算英挺，在舞場中一對璧人似的，常奪去眾人的眼光。

後來隨父母出國，歲月模糊了記憶，卻怎麼也抹不滅屬於姚阿姨的色彩。到底，那是一個灰黯樸實的年代，我們需要那點顏色來點綴克難艱苦的人生。

幾年後，母親來電提到姚阿姨也帶著兒女出國去到紐約，並在紐約開了家西式快餐廳。

「那姚叔叔呢？」我以爲聽漏了。

「姚叔叔沒有去，」母親輕描淡寫地說，「他們離婚了，不是感情不好，是爲了出國。因姚叔叔是軍人，不這樣做出不去！」態度裡一派成人世界裡的理所當然，見怪不怪。

因自己是懵懂中，出國命運便被父母安排了。所以對有些人爲出國要付上婚姻的代價，是有點覺得不可思議。但近幾年聞說中國大陸還有人冒生命危險偷渡，甚至美國邊界還沒踩上、摸著，便喪生的，便又覺得姚阿姨的離婚眞不算回事了。因那只不過是「假離婚」，是爲了辦身分的一道手續，是權宜之計。日後，等姚叔叔辦退役來美，夫妻自然又可團圓。

就是沒想到成人世界裡的見怪不怪，還包括了人心叵測。正在姚阿姨一人帶著兒女在紐約闖時，卻傳來台灣姚叔叔又另發請帖，請酒結婚的消息。「怎麼會這樣？」大概是每個認識姚叔叔姚阿姨的親友所發出的驚嘆。但沒人清楚內情，也沒人敢問，怕會挑起姚阿姨的痛處，但又不得不「應付」地出席姚叔叔的婚禮。自此，大家也都尷尬地成爲兩邊暗地裡的朋友。

INK PUBLISHING

讀者服務卡

您買的書是：＿＿＿＿＿＿＿＿＿＿＿＿＿＿＿＿＿＿＿＿

生日：＿＿＿＿年＿＿＿＿月＿＿＿＿日

學歷：□國中　□高中　□大專　□研究所（含以上）

職業：□軍　□公　□教育　□商　□農

□服務業　□自由業　□學生　□家管

□製造業　□銷售員　□資訊業　□大衆傳播

□醫藥業　□交通業　□貿易業　□其他＿＿＿＿＿＿

購買的日期：＿＿＿＿年＿＿＿＿月＿＿＿＿日

購書地點：□書店　□書展　□書報攤　□郵購　□直銷　□贈閱　□其他

您從那裡得知本書：□書店　□報紙　□雜誌　□網路　□親友介紹

□DM傳單　□廣播　□電視　□其他

您對本書的評價：(請填代號 1.非常滿意 2.滿意 3.普通 4.不滿意 5.非常不滿意)

內容＿＿＿　封面設計＿＿＿　版面設計＿＿＿

讀完本書後您覺得：

1.□非常喜歡　2.□喜歡　3.□普通　4.□不喜歡　5.□非常不喜歡

您對於本書建議：

感謝您的惠顧，為了提供更好的服務，請填妥各欄資料，將讀者服務卡直接寄回或傳真本社，我們將隨時提供最新的出版、活動等相關訊息。

讀者服務專線：（02）2228-1626　讀者傳真專線：（02）2228-1598

廣	告	回	信
台灣北區郵政 管理局登記證			
北台字第15949號			

235-62
台北縣中和市中正路800號13樓之3

印刻出版有限公司　收

讀者服務部

姓名：＿＿＿＿＿＿＿＿＿＿　性別：□男　□女

郵遞區號：＿＿＿＿＿＿

地址：＿＿＿＿＿＿＿＿＿＿＿＿＿＿＿＿＿＿＿＿＿＿＿＿

電話：（日）＿＿＿＿＿＿＿＿＿＿（夜）＿＿＿＿＿＿＿＿＿＿

傳真：＿＿＿＿＿＿＿＿＿＿

e-mail：＿＿＿＿＿＿＿＿＿＿＿＿＿＿＿＿＿＿＿＿＿＿＿＿

INK

後來我畢業，也因找工作到紐約。分別多年的母親飛來探望，並和姚阿姨又取得聯絡。卻又發現姚叔叔因不明原因二度離婚，又照「原訂計畫」退役，飛來美與姚阿姨、孩子同住了。

「怎麼會這樣？」我又問了。「當然應該這樣！」母親白了我一眼。眞是，「假作眞時眞亦假」。第一次體會到「聚散無常」，也可拿來形容「婚姻」。

改天，我便隨著母親特別撿個姚阿姨店裡不太忙的「非吃飯時間」，去姚阿姨的店裡看她。

那是家連鎖餐飲店，明亮、寬敞，排排卡座中吊著幾盆綠葉植物，空氣中飄著漢堡炸雞味兒。再見到坐在收銀機後笑臉迎人的姚阿姨，又讓我驚訝了。及肩長髮現簡單地束在腦後，臉上也不再是紅紅白白。過去黑線濃描的核桃舟眼，現化爲細細帶鉤的兩尾小蝌蚪。一件式樣簡單套頭衫，再加上洗得泛白的牛仔褲、球鞋，看來對美國還「歸化」得相當徹底。但身材依舊是副衣服架子，整個人看來煥散著幹練、年輕。算算，姚阿姨來美也十年了，臉上竟然歲月了無痕。

姚阿姨本來英文就好，又有數字頭腦，不管是收錢、管賬或招呼客人，都看得出來有分綽綽有餘的從容。她爲我們點了吃喝，把事情交代已可獨當一面的女兒，便過來陪我們話別後。從生意好壞談到生活高低，神態裡透著豁達，語氣中滿是淡然，全不見過去刻意的引人矚目。

講講，她忽然笑問母親：「妳還那麼喜歡珠寶首飾麼？我現在這些全放開了！什麼衣服、首飾，現全用不上，我吃的、用的全簡化，也不講究了！有時，眞不能想像以前在台灣時，怎麼會花那麼多工夫只爲打理門面？過去眞是生活在人裡面，但是現在全都看淡囉！」

母親連忙把新買的鑽戒倒轉入手心深處握拳藏起，笑說：「是啊！看淡些好！看淡些好！」然後趕快轉移話題：「他呢？」問的是姚叔叔。

姚阿姨對廚房努努嘴，「在廚房裡和朋友發牢騷呢！自他來美後，高不成、低不就，老混不出個名堂，我就給他個店經理做做，先蹲一下再說！」

母親和我向廚房探了下頭，算是打了招呼。只見姚叔叔已失了英挺、發了福，就像許多退出熟悉舞台、登上陌生舞台的中年男子，滿臉是英雄末路的落寞與不得志。

再回座，母親小心翼翼地問：「你們——有沒有再把手續辦一辦？」母親指的是「再結婚」。

「辦什麼？當初他那樣擺我一道，心早就涼了！我們現已不再是夫妻了，我只是幫他一把，給他一個開始！其他什麼都談不到了！……好歹，還是個朋友嘛！」姚阿姨輕輕地帶過所有外人看來複雜的恩怨曲折。

終於，我可以插句話了，「姚阿姨還跳舞麼？」

「現在啊！跳舞是純運動！」姚阿姨邊起身邊答，約是瞧見店前客人開始多起來，正準備去幫忙。走到一半，又停腳，回眸一笑，仍是那讓人熟悉無意識的一笑。但忽讓我覺得姚阿姨雖被新大陸的墾荒，漂洗掉所有的鉛華，但那笑，可比什麼時候都要來得燦爛！

轉身，姚阿姨仍帶走了我全部的眼光，以她特有的舞步，步上屬於她獨特的舞台。我亦終意識到，遠在世界這一頭的角落裡，姚阿姨的美麗，原來是一種生活的姿態。

榮阿姨的一顆釦子

榮阿姨第一次來美，拎著行李上門時，也拎來一箱的風言風語。

隱約聽說她有個怎樣的剋夫命。第一任丈夫婚後三年便生病過世。之後她在台中美軍俱樂部做女侍時，又認識了第二任丈夫，是個姓榮的小飛官。眞的很愛她，卻命薄，只過了一年好日子，便栽機了。這一栽，據說是栽掉了榮阿姨的魂，自此她便不曾改嫁，仍姓榮，靠開家委託行爲生。

也隱約聽說她在榮叔叔過世後，曾爲了申請遺族撫恤金，跑去找長官吵，卻吵出一段不清不楚的關係……

又隱約聽說她……

那時我十八歲，最嫉恨閒言閒語，亦不愛人云亦云，凡事喜歡自己來判斷。在把她迎進門，接過她的箱子時，便決定讓那些捕風捉影的事，全落入太平洋的深底。這裡是美國，美國有不同的風土人情，美國沒人管你的過去，在美國你只需做好現在的自己。

媽把榮阿姨安排在樓上一間臥室。稍事梳洗，她便下樓寒暄，雖然過去母親和她並不熟，但她對母親「大嫂」長、「大嫂」短的，十分熱呼。對未曾見過面的我更是「小妹」來、「小妹」去，一點也不見外。全家被她哄得很開心，只除了父親，風來不興，一張撲克臉，叫阿姨只能遠遠地淺笑打聲招呼。但父親論輩分也算老長官了，「長官就有長官的樣，威嚴啊！大嫂，怎麼能不做大事呢？」榮阿姨不以為忤地說，對父親的嚴肅我們也就寬宥了。

次日午后沒事，榮阿姨和母親一人一杯茶閒談。談到她做養女的童年，挨打吃苦，沒享過一天的天倫之樂。後嫁人，先生又一個個先她而走，一生實在坎坷，落得孑然一身。說著說著便淚水漣漣，母親亦跟著難過，拍著她的手直嘆氣。斜陽裡，我也坐在旁邊跟著不勝唏噓。

那一刻榮阿姨脂粉未施，淚水洗淨的臉，眉眼端正，額頭飽滿，皮膚微透著象牙色的光澤。平平淡淡地，那裡像個具爭議性的女人？不過一個苦命的女人罷了。

忽然，眼前出現兩隻纖手伸向我臉，我嚇一跳，退後一步，榮阿姨又向前逼進，說：「小妹臉上這顆痘子一定要擠掉，才會好看！」我直躲，並覺得她怎麼可以如此冒然地在別人的「領土」上動手動腳？日後才發現她其實是很沒有所謂「疆界」觀念的。

但那時我們看她是很「正」的一個女人，只是命苦。也氣那些「東家長西家短」的人，對一位苦命的婦道人家，口下也不留點德。

幾天後是中秋節。那個時候駐外單位的員工，出國都不大能攜眷，很多是單身在美。過年過節，照例都會被請到長官家裡來過節。當天母親在我和榮阿姨的幫忙下，已忙了一天的菜肴。席前不久，才各自得個空去樓上梳理換衣。

在樓下，我正等著應門時，驀地望見榮阿姨下樓了。她換了件半長的裙子、一雙鏤空高跟鞋，一步一擺，竟然婀娜多姿起來。臉上淡掃蛾眉，輕點絳唇，不知為何，看起來也有「盛妝」的感覺。我看得發呆，連門鈴響都沒聽到。

「小非，妳先去泡茶，我來開！」爸越過了我們去門口。

「那我來幫小妹！」榮阿姨隨著我進廚房。

就在爸媽去應門的時候，我注意到榮阿姨在廚房裡悄悄的一個小動作。那個動作很小，小到她以為沒人看見，但我瞥見了。

日後每次回想，都連著耳邊的一聲門鈴聲。「叮咚！」然後，是榮阿姨悄悄地解開上衣的一顆釦子。那是胸前很關鍵性的一顆釦子，未解前，人顯得恭順良淑。解後，那一線女性特質便將露未露，引人玄想。

我知榮阿姨現並無對象，這次來美，也是講好的，母親會和她一位朋友李阿姨，幫榮阿姨介紹男朋友。但對象並不在當晚的客人中，當晚的客人全是已婚有家小的，不知榮阿姨知不知道？匆忙中我端茶出去時想。後來才知，已婚未婚也從來就不在榮阿姨的考量之中。

解下那顆釦子，對榮阿姨來說，好似剛拉開的幕，好戲上場。

那晚，攪進一堆男客中的榮阿姨，或站在客廳中、或坐在餐廳裡，那招呼人的熱呼勁兒忽然消聲匿跡了。個頭不高，算是嬌小的她，這會兒挺著腰桿兒，抬頭挺胸、有模有樣地端著。偶爾斜歪下頭，傾聽著旁邊人對她不知說些什麼。然後，仰起了臉，挑起了眉，斜盯著人，輕輕地笑著。那一挑眉，一斜眼，五官忽然全走了樣，榮阿姨忽然變得很——很有韻味？

那個年齡，我還不大清楚，那種韻味就叫做「媚」。而且無關長相，乃關神韻。

當然，還加上那顆解開的釦子。

那一晚，她便韻味十足地，周旋在一群久不吃葷的「單身漢」中，左右逢源。

入夜時分，客人一一告辭。爸媽疲倦地稍做收拾後，便上樓休息，剩我一人獨對滿槽的碗盤清洗。靜夜中，身後忽然響起榮阿姨的聲音，「小妹，我來幫妳！」

我回頭，黑暗中窺見她胸前的那顆釦子，又鬼使神差地復歸了原位，一切好似春夢了無痕。

但接下來一個月，母親和李阿姨幫榮阿姨介紹男朋友，卻挺受挫折的。一方面她從不對被介紹的人表態，不說喜歡或不喜歡，只是一次又一次地接受邀約，嘴巴甜甜蜜蜜地哄著對方，讓人覺得很有希望。

介紹的對象是李阿姨先生的同事，修車廠裡的一名機工。是個老實人，在異鄉吃苦耐勞，一分一毛地存，有身分、有房子，就差個老婆。打工的日子昏天暗地，如今一位巧笑倩兮的美嬌娘現身眼前，且那麼地假以辭色，這幾年哪見過這種陣勢？笑得門牙都遮不住，帶著榮阿姨在附近遊山玩水，一去好幾天不見蹤影。

但當對方旁敲側擊終身打算時，榮阿姨又絕不鬆口。母親與李阿姨也挖不出什麼口風，只看她吃吃玩玩，對方都快被玩垮了，跟著急。就在旁邊人敲邊鼓快敲得沒勁時，榮阿姨卻又突然冒出一個跨界又驚人的動作。

那是日正當中的一天，正當大家在李阿姨先生開的修車廠前閒聊著，忽然，榮阿姨當著李阿姨的面前，拿著手絹，很親密地靠向李阿姨的先生，在他額上十分體貼地擦汗。「這樣熱的天，修車辛苦了！」榮阿姨旁若無人地說，李阿姨的先生也笑著沒躲。旁邊卻青了一圈人的臉，所有相關不相關的。

介紹朋友的事因此草草結束。榮阿姨若無其事地拎著箱，由那頭回來我家，沒兩天便在爸媽的不苟言笑下，又拎著箱回台灣。

回台灣後的消息，還真「每下愈況」。最後聽到的是她和一位亡夫生前比她大很多的老長官同居，拆散了人家好好一個家後，又不知漂落何方。

日後，每想到榮阿姨，便想到中國人口中的「狐狸精」。一個碰到男人（不管是什麼男人），就如同聞到獵物血腥味兒的女人。因著她的嗜血本能，自覺又不自覺地，一次又一次，解開那顆鈕子，布下陷阱，開始挑逗、勾引與捕獵。這樣的女人，真可說是許多男人的夢，也是許多女人的噩夢。

只是有時我亦會想，不知現已入暮年的她，在茫茫人海中，胸前是否已經落了幕？

輯五

擦身而過的是人生

一個孤立的睡眠

說來是一種可怕的貧乏，像我這樣一個在異鄉長大的孩子，曾一度因生活圈狹小與人世疏離，對人生裡生、老、病、死的見證，掐頭又掐尾。既不曾親手把弄啼哭嬰孩，亦無緣扶持一老人家終老，日日在時間的斷層內冷凍青春，無病呻吟。而成長，若未實際參與另一生命的消長，又如何能夠深刻？

然而他卻因一個婚姻關係，踩進我的生命，成爲我生命中近距離觀摩「老」的第一個對象。進而，又成爲我生命中第一位退席的親人，某些方面來說，算是我對「死亡」咀嚼較細的啓蒙。雖然，他對曾在我生命中留下的幾許足印，是全然地懵懂無知。

回首初識時，我還不敢正眼看他，因那時我方在海外完婚，回到台灣南部婆家請酒，是個初過門的「洋」媳婦。也許因我在國外那一大段成長經歷，使得兩邊初相處都有點亂了章法。生活裡，公婆對我什麼都不太要求，而我則是什麼都不敢放肆。只記得那時只要婆婆站，我便不敢坐；婆婆坐，我便不敢躺。當然日後，我也摸出一點放鬆自處之道。但第一天進門時，我可是跟著婆婆上菜場、做菜，轉進又轉出。一天下來覺得小腿都快斷了，才知婆婆平時生活有多麼辛苦。

回門的次日清晨，因時差，我起了個大早。留下仍睡熟的先生，拿了本書到前院。望見公公正在掃昨日回門時放的一地鞭炮，連忙跑去搶著幫忙。掃了一半，婆婆也起來了，一望見便輕聲喝斥公公：「怎麼讓她掃！」公公紅著臉，老實地低聲辯：「是她，她一直搶著做！」初次我望清公公樸實寡言下的善良，所有「小媳婦」的壓力瞬間煙消雲散。

此時新婚夫婿也起來了，立於房門口衝著我直笑。其實當時幾個在院中的人，臉上都是不自覺的笑意。多麼難忘的一個早晨！兒子完婚，又帶著媳婦由異鄉初回家門，門上「喜」字與地上的鞭炮碎屑，紅豔豔地相互輝映。每個人臉上、心裡都沾著許多喜氣。

還記得當時婆婆隨後吩咐，「別掃了，帶他們去走走看看吧！」公公便帶著先生與我往村外鄰近的田野走去。清晨薄霧中，香蕉樹、甘蔗田，及多樣菜田一一現身。空氣裡草香混著糞臭，鄉土味兒撲鼻。遠處傳來清亮雞鳴，太陽一點一點地往上爬升，南台灣的鄉間風景看得我新奇無比。

公公指一下右邊，走走，又指向左。十多年景致不變，在台灣可眞難得，對初回鄉的先生彌足寶貝。走著走著，父子倆頭都老朝同一方向轉，走在後邊的我，忽發現他們後腦勺上都有一個旋，旋旁都會翹起幾根難馴的頭髮。後又發現他們走路姿態，都有那特異的左右搖擺，搖擺也都歪向同個角度，相近得如影隨形。尚在那研究呢，他倆大概不知我爲何落後，忽同停步，回頭看我，轉過來的臉，輪廓竟是一個模樣，連那不自覺露牙笑的樣子，也是一樣地憨。我望得有點癡呆了。

「傳承」兩字，初次由天外飛來插入我心。原來，這就是「傳承」，一個隱形的生命鎖鍊牽連，一代又一代外貌的生命特質傳遞。此時，我方覺得「公公」不再是個名分、一個觀念，而是有血有肉，賦與我至愛人生命的一個「親人」。

那次相處短暫。一年後，公婆初次赴美探親，較長地同住，我又赫然發現公公其實還是一個陌生的親人，不只因爲兩邊相識未深，也因他身上透出的陌生形貌，一個「老人」的形貌。而「老」於我是陌生的。不自覺地，那一段相處我如飢如渴，在公公身上消化所有關於「老」的訊號。

當然，最明顯的是老態龍鍾，髮白、膚弛、老人斑散布與眼袋深垂。然後是生活小節的棄守，對事的模糊健忘與走路的姿態。雖然公公彎腰駝背還不那麼明顯，但是走起路來，那一對手臂幾乎搖擺過膝，隱約透露背的弧度。

此外，我還發現「老」是一種沉默。沉默是因著重聽，電視機前每坐下便開得震天價響，雖然播的全是公公聽不懂的英文。大家聊天，輕聲細語他聽不到，但除了吵架，誰又會老是大聲吆喝?所以坐在人裡，他大部分是沉默。也許因常置身事外，他的表情便驅近漠然。常常小他十多歲的婆婆，會抓著我手笑笑說說，說到傷心處也會落淚，但坐在一邊的公公兩眼呆滯，似陷入另一時空。

「老」也是一種停滯的表情。在所有人表情或忙碌、或煩躁、或生動的時候，他臉上所有層面的線條全都停頓，在流動的時間裡，空洞表情反而顯得突兀。那對生命凝視的樣子，是那樣深深雕現，垂著眼、張著嘴，駝著背、挺著肚，在日光中低首仰視生命氣息的飄逝。

我尚發現「老」而且不只是個形容詞，還是個動詞。過早的退休，公公很早就開始老了。若年輕是屬於發現，發現世界、發現自己。公公早年因家中六口食指浩繁，生活辛苦，日日活在「對付」生活，很早便停止發現了。等生活無需再對付後，他也只是守著從未離開的村子，停擺地活著。現來美，則是帶著一個村子的眼光來看美國、看世界、看人生。而這些對他竟是全不值一顧，他說：「金窩、銀窩，都比不上自己的狗窩!」

或者也可說公公像個猶太人，一生流落異鄉，艱辛困苦，所以也一生憂鬱老成，似乎從來便沒有年輕過。印象中的公公，好似老了一生。

當然「老」，更包括思想上的老派與老式。但公公的老派只是生活方式與寡言簡口，並不會擺出長輩的權威。外子與他對話輕鬆活潑，有時開開玩笑他也不以爲意。在美與我們同住時，我洗碗，他還會幫著擦桌，我吸塵，他也幫著搬椅子。婆婆說這是十分難得見的囉，我知道，也心存感激，他對我這「洋」媳婦的禮遇。

公婆回台後，沒多久與大陸親人聯絡上，連著幾年便皆返鄉探親，不再來美。但多少年的時空變臉，故鄉自與思念中的印象有太大的落差。一整個時代悲劇，亦非小小螻蟻的心胸可吞嚥得下。面對當初戰亂中匆匆留下的前妻女兒，太多補贖情結與多次被鄉親枉騙詐財的憤怒，不斷糾結纏繞一個老人的胸臆。沒有多久，公公積憂成疾，竟在肺中蘊生出一個瘤。

接到消息後，與外子匆匆攜女回台，會合其他兄姊親人守在醫院。開刀結果，證實是肺癌。手術後幾天，去醫院看公公，赫然發現公公正發著脾氣，房內床邊圍著一圈親人，全在那哄著、勸著。好似是爲了公公不願出院，出院也不想回南部，想留在原醫院接受治療。但實質上，中部賃居，兒女看顧照應上有困難。但公公十分堅持，聽到不同的聲音便生氣，完全孩子似地任性。

我抱著女兒站在病房門口，不但幫不上忙，還有點「置身事外」。轉身出來，走在醫院的廊中，心中有著異樣感覺，像獨自一人在太空漫步，身邊人事全恍若隔空。走出醫院，踏入陽光，我回首，發現自己的另一心理殘障。眼前這個世界，或說所有的病痛苦難，不知何時早已被我刷出思想與生活了。異鄉求學，眞空似地對病人接觸不多，現迎面遇上，也無心深究。

但感覺上病是那樣一件讓人無奈之事，一個直挺挺原可任意往來、周遊四方之人，一躺下，便得任人擺布，無力又無助。病痛是什麼？病痛是一神祕又可怕的怪獸，把健康一點一點地吞食。誰眞能掌握得住它的行蹤？來無蹤、去無影，人們看不見它，卻看見它啃噬吐出的可怕殘殼，形銷骨立。以致有時人恐懼病痛，甚於恐懼死亡本身。

想到公公病房中的氣憤，困獸猶鬥，忽對生命有一分敬畏。一般人談癌如死刑宣判，好似生命就到此爲止了。而現方知，宣告得病，並非人生賽跑的終點，而是下一程障礙賽開跑的鳴槍。下面，還有好一段路得努力奔跑呢！這也正是生命可敬可畏之處。

我忽覺自己有點可以分辨：生活不等同生命，病痛不等於病人，死亡也無需與死者畫下等號之間的差別了。

回美後，聽台灣親人說公公是個好病人，一切順服地配合療程，病況已在控制之中。兩年後，居然又可來美看我們。

但此次看到公公，卻心中一沉。公公這一段的治療，人明顯地在迅速萎縮，活動量大大減少，且常常很容易疲倦。每天每時見到他都眉頭深鎖，悶著一張臉抱怨著胃痛。發脾氣的頻率很高、很高。那時我不懂，這是對生命即將退席前會有的焦躁。無知的我們，談話中充滿了「明天」、「下個月」、「明年」、「以後」，凡事皆往前看，無知無覺地活在「未來」的意識中。而對一個感覺即將終了的老人，他只有「現在」，而且沒有太多時間好等，所以總有一股氣，一點事不如意，便發焦急不耐之氣。當時我們卻只覺公公脾氣捉摸不定，無所適從。

其實對公公的身體狀況，我們也並非全然無知。只是對即將「跨過生命門檻」這件事，我們誰也無法開口，怕一提便一語成讖。公公那頭也無法啓齒，怕勾起親人傾閘而出的憂傷。但至親間隔著如此天大「善意的祕密」，便還剩下什麼呢？只有強顏歡笑，顧左右而言他。面對死亡，我們全是生手，是全然地束手無策。

果然，公公回台一年後，便過世了。

在他生前最後幾個月裡，外子打電話回去，公公偶會冒出：「你回來給我奔喪吧！」語氣似詼似眞，弄得外子心情沉重。掛了電又再撥給兄姊求證。「開玩笑的啦！爸現正在牌桌上大打出手！」那邊傳來的竟是嘻哈之聲，又是善意的隱瞞，虛實莫辨。現想來公公當時必是已漸有壓不住的煩躁，才藉機在電話中隱約留下線索。這對為工作、家庭給困在異鄉，不得回鄉省親的外子，煎熬非常。

然而生命豈眞有定期？醫生也不敢說得準。心雖有預兆，人亦不能眞做出什麼打算。連公公本人雖有預感，末期中風住院，忽然給一口痰噎住，也臉露驚異之色。而後才眞正知道：這就是了！方瞑目過去。死亡，不管有多少的心理準備，發生之時對生者、死者，永遠是個意外，永遠會覺得措手不及。更何況對一直避口不談、避免去想之人？

據說公公走前，曾沉默了一大段時候。那時，他心裡在想些什麼呢？面對死亡黑暗的恐懼，因不能啓齒分享，只能兀自孤獨啃食，那又是多麼大的孤獨？中國人本是不善道別的民族，也因此，有多少親人與親人之間便落入永恆的沉默，遺下諸多未了的遺憾？

以致婆婆日後一次又一次地遺憾哭出：「一句話！他一句話也沒有留給我！」

多年後看電影《阿甘正傳》，阿甘母親得絕症，阿甘一收到電報，便往家裡跑。踏入家門時，他悲傷地喊「媽！」臥病在床的阿甘母親，卻微笑話家常式地說：「親愛的，沒什麼，只是這次輪到我而已！」看到此，心中感慨十分。原來，人可以這樣好好地道別，從容地死。

公公走後，一度我發狠讀了許多死亡方面的書。了解愈多，愈覺當時很多地方可以、卻沒有陪他走過，多少遺憾？當時對生命懂得是這麼少！七年了，公公走前那張驚異的臉，常在心頭浮現。

漸漸我發現，到台第一代的他，正如異鄉的我，也沒有見證過上一代的老與死。公公實際上亦不知人是怎樣老去，是怎樣地走向死亡。所以面對死亡在眼前一點一點地拉開幕時，全然驚異。

這也是蒲公英一般，到處流放的現代人之寫照吧！因時空遷移，對人生，我們都咀嚼得斷簡殘篇。

但繼而又想，眞正見證過「老」與「死」又如何呢？當自己走過時，怕仍是各有不同的篇章。像艾蜜莉・狄金生的那句詩，死是「一個孤立的睡眠」，與誰也無干。

眞是，每一個死亡，都是一個孤立的睡眠。與古人、與來者，全都無干。也只有那些對睡醒之處，有些許了解的，知道何去何從的，才有可能死得寬宏大度。像阿甘的母親，可從容地告訴自己：沒什麼，只是這次輪到我而已！

向絕處斟酌自己

生命中有些角落不堪揭露。然而，即使掩面，不安卻仍潛藏心底，每夢必驚。

直至走到生命某一階段，一個、又一個女人由身邊走過。驚鴻一瞥中，捕捉到她們生命上演的，正是我不敢深思，屬於生命最底層的恐懼，一個女人的喪偶之痛。

於是，不再逃避。我站定，回首，細細凝視──

*

印象中的婆婆，能幹、厲害。未見面前便常聽外子說婆婆教育雖受得不高，但腦筋清楚。一生日子過得清苦，曾有段時候家中是靠賣麵條爲生。那時眷村鄰居賒賬是常事，拿幾斤乾麵條、幾斤濕麵條，付清時又用幾斤公家發的麵粉來抵，抵不完，多餘的麵粉便留在那日後再慢慢換麵條等等……交易紛雜，卻從未用過一本賬本。所有大小賬目全記在她一個人腦裡，一條不亂。

又因婆婆結婚早，十四歲嫁給大她十六歲的公公，十六歲生長子，在眷村中，她比其他做母親的來得資深。所以許多年輕婦女會上門，討教育嬰問題，有時也會請婆婆定奪家務事，平息家庭糾紛。一輩子做人熱呼，又急公好義，因此村中人賦予她「保長」的綽號。

初見時，就覺得婆婆望來是個「人物」，走在村間道路，抬頭仰面，一步一踱，從容不迫。立於家門口，抬頭吆喝樓上兩個外孫睡覺，聲勢驚人。牽著我這剛過門的媳婦，繞著村子散步，一一指認人家，又好似眷村就是她的地盤，是她叱吒一生的地方。

一生生活全繞著家轉，一手帶大四個孩子，又親手拖大六個孫子女、外孫子女。間中還做手工業幫忙家計。如此能幹的婆婆，至公公過世，一生卻忽然塌陷。

那眞是讓人想不到的事。終其一生婆婆都活得虎虎生風，公公一走，才六十出頭的婆婆身體驟然兵敗如山倒，一個毛病接一個毛病出現：糖尿病、心臟病、膝蓋退化、腎衰竭……幾年來進院又出院。都說是過去婆婆太照顧公公而忽略了自身健康，但我卻覺得自公公過世，婆婆好似頓然失去了生活的「樁腳」，活著只似在生活中漂浮，在永遠回不去的回憶中流放。她活得漸無生機。

雖然與公公一起五十年，看來是怨多過喜，講講也還常會掉淚：「沒過過一天好日子！」但至少，與公公生活在一起已是習慣，五十年來從未分離一日的習慣。如今，她習以爲常的生活操作，一旦失了對象，對她任何有意義的事物也似全被割斷了，痛苦直逼「斷癮」。

而生活慣了眷村的雞犬相聞，也使她無法遷出住入城市中的兒女家，過成天空守一屋，就盼兒孫下班放學的生活。所以每被接去同住，必吵著回家。但在自己老家，她也無所適從。平常除了打點小麻將就沒啥嗜好。但眷村已日漸老化，凋的凋、離的離，串門機會日益減少。留在家裡電視看不下、書無心碰、一人燒飯打不起勁兒，成天室內晃，就與公公的牌位相對。

漸漸，婆婆開始有事沒事都拉了張小凳兒坐門口。由黑黝黝的室內往外張望，日光下，人聲狗吠娃兒哭，由另一個時空遙遙傳來。有時，她倚著門昏昏睡去，醒來，仍呆視塵世，今昨不分。一天比一天，她昏睡比清醒的時候多，腦筋也日漸昏朦，上一刻講過的事，下一刻記憶全無。終於，醫生診斷婆婆有老人癡呆症的癥象。

幾年來四個兒女輪流請假回家看護，疲於奔命，都挽回不了她生命的流失。看到這現象，我提醒外子：「要心裡有點準備，婆婆現只是拖著。」他點頭，心知肚明，但仍想盡力，「總要在她還有點記憶時，建立共同的回憶啊！」但不管誰在身邊，她仍一凳坐門口，似一無意中被羈留大地的旅客，被迫停留囚禁的地方，活得無形無體。

這一飄泊大地的影子，終於在二〇〇一年九月，離開我們，如飛而去。

但正確點說，婆婆離開我們應是於公公過世的時候。

＊

算是一種驚嚇，在美東一超級市場遇到久不見面的莉莎，第一句話便是：「我先生三個月前過世了！」是心臟病！事先毫無癥兆。因和我年齡相近，好像死神剛叩敲了隔避之門，聽了特別心驚。

過去對莉莎的認識是一頭長髮，圓圓的眼，柔柔的聲音，一撇嘴便笑出一臉的甜美。一個女性味十足的女人。我知她與先生感情很好，每早上班必親送至門口。常被我取笑：「這哪像夫妻？兩個孩子都這麼大了，還這麼難捨難分！」

如今遇這打擊，想必是很致命的打擊。果然，她受不了在原來房子裡，走哪轉哪都是先生的影子，很短時間內便賣了房子，搬到另一城鎮。先生的衣服、照片等什物捐的捐、毀的毀，不惜一切想抹盡所有先生的遺跡。

但她想除去、抹盡的影子，卻是孩子死命想抓住的父親回憶。在匆促處理遺物的過程，兒子偷搶回一件父親的大衣，再熱的天，冒著汗也要穿。女兒則搶救一些父親的照片、錄影帶，藏著，不敢讓她知道。日後，更不停地在「爲何搬家？」「爲何要把爸爸東西送掉？我也可以用、我也可以穿！」等事上與母親屢起衝突。

每和我通電話，莉莎談談必掉淚：「孩子實在不懂大人的感情，他們哪曉得我睹物思人的那種傷心痛絕的痛？」孩子眞是不懂。但她也不能了解孩子已失去了父親，搬家、換學校、換同學，連帶著把他們童年的根、熟悉的生長環境也一起挖掉了。他們爭吵是變相的憂傷表示，憂傷他們再也回不去的從前。

「莫非，我勸妳，夫妻感情還是不要太好，免得分開時太痛苦！」莉莎常在電話上帶淚對我說出親身經歷，說得我驚心動魄，提醒了我中國人常講的「恩愛夫妻不到頭」。是啊！只要是人，總有個先走後去的次序。夫妻感情若好，怕是會比只是「習慣在一起」的夫妻更有切膚之痛吧！

然而我看到莉莎的痛苦，卻不只是「二人結爲一體」後，硬被挖掉一塊肉的痛，她與孩子生活也幾近乎癱瘓。事先沒有保人壽險（總是因爲年輕，想不到），賺錢大梁一倒，生活馬上成問題。而孩子過去是循先生教養方式，要什麼買什麼。沒有權威的她，不只對青少年孩子的需索無度難過，覺得孩子眞不懂事。碰到爲孩子辦不到的事，又常被孩子怨：「媽沒有爸爸疼我們！」

生活瑣事且一件件當頭砸下。一向先生負責的各樣賬單、報稅，她因英文不好，每收到都是一次驚嚇。孩子學校功課也因語文問題，她無力輔助。原來喜歡持家燒飯的，現飯無心燒、家無心整，孩子在她失魂落魄的一年裡，規矩全失，漸成爲問題學生。

一年後，再去東岸看她。一見面我心一沉，她素面黑衣，全身透出的仍是「孤寡」的寒氣，時間尚未把她帶出憂傷。她依然一開口便成淚人地說：「我眞希望走的人是我，現留下我一點用處都沒有！每天我都活得像個行屍走肉。我家，現也早已是個『問題家庭』了！」

旁觀她與兒女間的衝突，我瞿然發現原本溫柔甜美的她，現脾氣愈吵愈暴戾，整個似變了一個人。抽了口氣，我想孩子不只是失去了爸爸，似乎也失去了熟悉的媽。實在是想不到呀！原本和和樂樂的一個家，只因一個人的去世，缺了一角，便全碎不成形。看了讓人感慨萬千。

但也會忍不住想：是人常禁不起苦難撩撥，一擊就碎？還是苦難會爲人揭露一些原本就隱藏的問題？一個女人擁有太多的愛，有時也許未必是福？太多的愛，會殘障我們生活的能力，也會使「失去」成爲巨大的缺口。似由生命巓峰往下走，每一步下坡，都在悼念生命中的損失。看了讓外人心疼也心急。

*

接到電話，知道J的先生驟然過世，是在半夜。初時還以爲聽錯了，那樣一個生龍活虎，天天活躍在運動場上，連感冒都難有的人。我們幾乎每週見面，教會小組討論，他還坐在與我一桌之隔。怎麼會？就在他最愛的籃球場上，被球一絆，心臟病發而去。

在醫院裡，J紅著眼對氣息全無的先生說：「起來！起來！你跟我回家去！」旁邊人全不忍卒聽。

後幾天去家裡陪她，她也是講講落淚：「他是那種你打個噴嚏，就會去爲你拿外套的先生，在這世上，我再到哪去找能這樣了解照顧我的人，孩子不能，父母也不能！」朋友自是更不可能，坐在一邊，我深感到語言無力。

但那段陪伴時候，我發現J哭訴中最常反覆的是：「上帝給我這個功課實在太大了！」很奇怪她沒有用「打擊」或「剝奪」兩字，反而用「功課」？至少，她並未因此苦難與上帝翻臉成仇。

短短兩三個月後，又意外發現J開始打扮得頭臉整齊，回到生活軌道，工作崗位。這是很不容易的事，因我知人在憂傷哀悼之時，有時連舉手梳個頭，都會覺得沒力氣。

「是信仰麼?是信仰給妳走過來的力量?」有次我問。

「信仰是一個原因，在我最痛苦難過的時候，心底深處想到他現已在天堂，和主耶穌在一起，就有一種很難解釋的平安浮出來!也因爲發現生命的主權，不在我手裡，在上帝手裡，不得不順服。」這是平常信徒皆熟知的道理，但用親身經歷火煉一回再來說，有讓人迷惑又震撼的地方。

她又說：「我也不斷提醒自己，不要自憐！如果我老不站起，兒女還要安慰我，他們也有他們的喪父之痛啊！」

不自憐？幾個女人可以做到？但這卻是收拾自己站起來的重要開始。我親眼看到Ｊ一點點回到朋友圈裡。那需要相當大的意志與勇氣，因爲社交身分已變，她現必須以個人身分，在我們多爲夫婦同行的團體裡，重新爲自己定位。面對生人，一開口交代自己，也得用許多力氣逼回自己的熱淚。我知她心裡的恐懼，也目睹她兩年來勉爲其難的努力，但現她已可在人群中漸得釋放。

而且，不論在家裡對兒女，或在我們朋友之中，她也並不避諱提到先生種種。當我們討論夫妻相處之道時，她也開口分享經驗，好像這弟兄仍活在我們當中。她說：「也不能老躲著不說，假裝他從來不存在吧！那樣更痛！」雖然初時她每提掉淚，但卻讓我們參與了她的憂傷。也好似禁忌一解，我們之間無需老繞著說些不關痛癢的話，講不到核心。

漸漸我發現，述說前人，比封死記憶，更能醫治傷痛。而且生命結束，實不代表愛亦停止。在述說中，一個人的生命得以跨過死亡，繼續生鮮地活在我們心中。

然而最讓我咀嚼的，還是「不自憐！」我知那必須有堅強的內在組合才能做到。但這絕非事到臨頭，可以凌空抓下的盾牌，而是長年內在價值觀與自我的建立。我都不確定自己可以做到，但有這樣的朋友眞好，只要有事，她會是我選擇哭泣的肩膀。

＊

初次見莎玲娜，是在新墨西哥的一個文學藝術會議上。當時初照面，就覺她和我一樣，是西化了。因為她的打扮，旅行時的輕衣便鞋。也因她的氣質，大方開朗，見了我開口便打招呼。但說的是英文，並未因我們倆是這會議中唯二的中國人而特別說國語。

後來大會展覽一些與會人士在會議中完成的畫作，有一幅《鬼農莊（Ghost Ranch）》，是著名女畫家Georgia O'Keeffe也很喜歡在那寫生的地方。那幅畫油彩淋漓，氣勢磅礡，有人當場便要出價。結果正是莎玲娜的畫作。她婉拒了，笑說：「剛畫好的畫，就像剛出生的孩子，我還想在懷裡抱一下！」

看她筆觸不凡，知道是多年在畫的人。交談後，發現她常旅行作畫，來此地前，才在巴黎和人合租間公寓畫了半年。此地待一星期後，她又要轉至美國中西部畫兩個月，而她的家是在加拿大。這樣的吉普賽生活方式，使我對她的家庭狀況十分好奇。

「我是個寡婦！三十九歲便喪夫了！」從沒聽過人這樣自我介紹，讓人心驚肉跳的「寡婦」兩字，初次聽來不像咒咀的髒話。原來，她丈夫本是醫生，四十出頭得肝癌過世，留下尚在小學的一子一女。她一肩獨挑，二十年，把孩子帶大，現皆已就業、成家，各有天地。而她一人獨居加拿大，便投身藝術，邊學邊畫，現已到開畫展的水準。

但「守寡」兩字，老讓人覺得是抱殘守缺。可不知爲何，她的二十年守寡，卻不在她身上遺留任何缺憾的痕跡。每日畫畢，晚上便換下畫衫，穿上藝術風味十足的衣飾，周旋人間談笑風生。我遠遠靜觀她穿得有色彩，笑得有色彩，當然，生活中也全是色彩，好一個完全活出生命色彩的女人，比有些已婚女人活得還要燦爛！

但一個女性在異鄉長期雲遊四海，總是有點不平常。我許多女性朋友，都是戀家女人，根本不願一人混在陌生人中旅行，尤其在外國人中，機上、餐館裡皆不知如何自處。而我，雖然每年都會因開會一人遠走他鄉一、二回，獨住旅館、獨自出入一些場所，並不困擾我。但我知自己的敢於遠颺，是因心知有一可回去的定點，那定點是次次出航的坐標。否則生命茫茫，任何好風好景對我都成了流離失所之地，會老在「漂流」感中失魂落魄。所以一日我們共餐，我問到她，她說：

「漫無目標地遊走，我也會感到失落。所以每一步旅程，我都設有一目標，要學到什麼，畫到哪種地步。當我順著目標行時，自然而然就又往前邁了一程！」

她在說她學畫的歷程，但我聽了，心中一點什麼微光卻在跳動。原來生命只要有目標，哪怕是小小的一吋成長學習的標竿，都使人有再往前走下去的依據與力量。

我恍覺包括我在內的一般女人，多是用所愛之人作生命的定點，爲之生，爲之轉。眼光、心思跳不出，也沒想到外面還有一更大的世界。而莎玲娜卻在喪失所愛後，得赤裸裸自我獨對，不得不重新找生命的參考點，開始往前看，因而有了比我們更長、更遠的視野。

也曾聽到女人因離婚，而被迫抽離熟悉的生活框架後，反而找到自我，把自我吹現了形。好似女人一旦失偶，不論是離婚或丈夫過世，皆成了測試女人多少斤兩的「關口」。所有過去累積的生活能力、經驗、價值觀與信仰，全在此時被一把火燒過，內在呈現的是《聖經》上所說的「金銀寶石」，還是「草木禾秸」？昭然若揭。

那是女人的一個嚴苛考驗。但是否一定要等至與所愛分離，刨心裂骨之時，才能測知呢？

向絕處斟酌自己，斟酌自己的生存力量與生命參考點，應是我們女人不斷在內心的錘擊。望著莎玲娜手裡晃著一杯晶瑩剔透的香檳，在人群中亭亭玉立，目光流轉，投射了一個令人嚮往的可能。

向絕處斟酌自己，我提醒自己。

註：本文題目取自周夢蝶先生〈還魂草〉一詩中之詩句。

荒原中的紅玫瑰

仔細咀嚼，人生其實是暗雲湧動的。人雖生活在日光下，並不代表萬里晴空。那只意謂著暫時，暫時對生命中的猙獰，純潔無知。

我便曾是如此無知。是刻意如此，因那時人生裡尚有許多空間可以轉圜，可以迴避。

但當苦難的爪子抓上我的兩個朋友時，便由不得我了，我必須正面凝視。因而發現人生中一些擁抱，常會在一場災難中震落。尤以為甚的，是平時習以為常的健康。連《聖經》中的約伯，在失去財產、兒女時，都還可持守他的純正，口不出惡言。但在身體受撒旦擊打，從腳掌到頭頂長出毒瘡時，他卻開口咒詛自己的生日了。

正如撒旦所說：「人以皮代皮，情願捨去一切所有，保全性命。」

身體折磨人心，最易喪志。然而，在我兩個朋友的磨難中，我卻窺見不同的眞實。我窺見當苦難陰影塵埃落定之後，人露出來的光景是什麼。

是靈魂的堅實。

＊

認識L時，她還是單身，我亦是單身。但同一身分，卻是兩種光景。我的單身，是一場又一場的感情漂泊。而她，則是一個又一個的目標追逐。

那時對她的印象，是一張開闊的臉，一對一笑就彎的大眼。明眉朗目，笑裡帶著自信，每望見，都恍覺那是一張面對未來的臉。就似所遇其他一些名校出身的女子，她優秀不只在學業，也在工作、在找對象條件，與對生命期許的眼光。而且能文能武，每在教會碰到，都聽到她立下不同的計畫，要考什麼執照，要讀多少書，要寫多少篇文章……。那種積極、進取，常成爲胸無大志的我一股壓力。

好似她的一生，是知識、學位與能力等許多層階梯搭建起來的，而且一路地往上爬升。而我，則總是原地尋尋覓覓，不知自己的方向。所以對她不斷地想提升自己，人生中充滿著目標與計畫，也多少是羨慕的。

卻沒想到因爲一場車禍，L的階梯震落了。摔下來的L，不只鼻青臉腫，而且全身破碎不堪。

車禍發生在西雅圖，她是去參加那年在加拿大舉辦的萬國博覽會，回途中發生了車禍。

當消息傳到洛杉磯時，眞是「噩耗」。聽到的細節一個比一個驚心動魄：脾、肝、胰、腎等內臟都重傷出血，脊椎受傷，肋骨、手骨折斷，然後，臉顴骨碎裂、鼻子切掉，眼睛也瞎了一隻。

是的，驚、心、動、魄！會令人不斷探問：生命可以破碎到怎樣的地步？

也許年輕，也許也因是單身，當時印入腦中讓我最唏噓不止的，是她的毀容與瞎眼。一個二十多歲的女孩，日後當如何自處呢？

但當時，她最大的掙扎是存活。那時她生死未卜，又無親人在美。洛城幾個教會除了爲她密集禱告，並安排人輪流飛去照顧，費用由大夥集資。西雅圖當地亦有許多中國教會有人探訪、送花與關懷。

待生命總算保住後，便開始L漫長的修復與復健。一場傷害，什麼都被打回原始。原來是人中之鳳，現在吃飯、洗澡、走路，什麼都得從頭開始學起。接下來一年多，又接受脊椎、整容等大手術八、九次，在脊椎中放鋼架，用頭蓋骨做鼻梁，傷筋動骨的，吃了多少苦頭？

而不動手術的時候，她就在療養、恢復中度過。生命由過去的工作與生活，現全減縮至「身體」，可以說全天、長期都在與身體戰鬥，十分艱苦。

這之間，和她接觸過的人，都訝異於她鬥志的激昂，與對上帝信心的堅強。當初同車的另兩個人都沒事，只有她一人傷得如此重。但她並沒把時間浪費在怨嘆，或哭喊出人面對苦難時，最常問的兩個問題：「為什麼？為什麼是我？」她只是平靜地說：「一切是掌管在上帝的手裡。」

我知她絕非認命，因認命是消極無奈。而她是憑著信仰的力量，接受所遭遇之事，然後努力地爬回正常的軌道。甚至，對她瞎了一隻眼與全身的破碎不堪，她亦無怨，只感謝她還存留了另一隻眼，還可以看見這世界。並留有一雙腿，還可行動走路。

說實在，過去我只知「幸福的人沒有埋怨的權利」，現卻覺得苦難，容忍人哀嘆的餘地亦十分有限。因百廢待舉，生命裡要修補的如此之多，回到「正常」之路又如此漫長，人實需省下每一分力量來對付。就像作戰一樣，除非你選作逃兵，要不就得奮力突圍。

而她的不悼念失去，只數算恩典，也與她一向「往前看」的個性挺一致。

不過，我發現她的數算恩典，不只包括數算她生命中還「存留」什麼，亦包括數算她生命中又「加添」了什麼。在她車禍發生與之後的兩年，雖然她生活中全是「身體」，但聽她講最多的，卻是不斷出現身邊服侍的「天使」，一些來自人們具體又實質的關心。一直以來，都有不同的朋友為她禱告，鼓勵、安慰她。亦有朋友每天、每餐為她送飯食，看醫生當司機，照顧生活起居與清理傷口。這種人與人之間真誠的溫暖，據她說是僅次於信仰，支持她走出傷痛的最大力量。

但她不知的是，人面對苦難，不論發生在別人身上或己身，都有一分脆弱。尤其在目睹苦難輾過生命，遺留下的痕跡猙獰恐怖後，除了眞誠關心，也盼能由倖存者的重新站起中，汲取生命的力量。對基督徒來說，更盼藉由她親身走過的經歷，去體會她身後那更大的力量，那位上帝。

所以正如《聖經》所說：「萬事都互相效力，叫愛神的人得益處」。

不只如此，我還發現她生命「歸零」後，重新再出發，又踩上了一個台階。是信仰與人的愛所墊成的台階。不知她是否清楚，這是與她過去所踩不大相同的高度。因過去，總覺她眼中只有一個又一個待征服的「任務」。而現在，她眼中開始有「人」了，一個又一個幫助過她，讓她感激的人，都由她口中、筆下冉冉流出。

猶記那段時候與她接觸，面對我的臉，是一張修補過的臉，也是一張讓人眼光不忍駐足的臉。破裂的輪廓仍未整型好，鼻梁處亦尙有縫線，一隻義眼，且常用墨鏡蓋住。身著矯正脊椎的鐵衣，走路駝著，行動緩慢得像個老太婆。

但感謝神，她笑容沒變，仍然明朗。生命中有些東西還是奪不走的，像笑容，像靈魂。時間也有它仁慈的一面。漸漸，墨鏡摘下，鐵衣除去，腰桿兒終能一點點挺起，臉也漸完整地能與人正視了。

兩年後，她回到工作。通電話時，她說現在每一件日常事，都是大工程。買菜、做飯、洗衣，耗時又費力，對時間必須十分地精打細算。現在，她生活裡充滿的，全是「生活」。她說自己愈來愈胸無大志。

反而是我，在終於找到自己人生方向後，毅然把工作辭了，開始寫作，後來又開始演講。十多年來我們生命軌道的交接處，是我文章發表時，她閱讀；我演講，她坐在台下聽。她有次反應，過去和她一起年輕過的朋友，如今好像都「上了台」，只有她還坐在台下。她也曾自我質疑過，但仍找不出爬上台的動機。雖然她身體已隨著歲月日益茁壯，生活瑣事也已退至背景，但她並未如過去那樣摩拳擦掌，肆機待發。

反而整個生活態度都「柔」下來了。在她生活、身體都不再成問題後，除了上班，她加入了一家基督教雜誌機構做長期義工。接電話，處理雜務，什麼都來。而且不只如此，她對人也開始有種真誠的溫柔，會鼓勵、關懷旁人的處境。那是經過苦難磨掉稜角，煥發出的柔潤光芒。

雖然她自稱人生是「下台」了，但能由台上轉坐台下，安然並衷心地爲台上鼓掌。我認爲，她又踩上了一個台階。

她也曾把自己的車禍經歷，寫成一本書《深夜歌聲》。扉頁提：「神使我歌唱！」當然，是在深夜。

讀畢，我深深感嘆：這種用生命寫成的書，一字一血淚，擲地有聲。我寫多少本都比不上。所以，不同於過去的壓力，不敢正視。我現在心裡總是抬著眼望她，雖然我在台上，她在台下。

＊

認識E，我新婚，她單身。三年後我生女兒，她仍舊單身。她說：「給我做乾女兒好了！」三年後我又生子，她，依然單身。坐在我家沙發上，望著地上趴著那頭大臉大的「鮮大王」，忍不住一把抱起，嘆一口氣說：「一起收了做乾兒子好了！」

所以，我們成了乾親家，但也是好朋友。她喜歡滑雪、打網球，和我的喜歡靜態閱讀與寫作，重疊並不多。但我們談得來，因她對人的體諒與通情達理。不管多久沒聯絡，一拿起電話，便好似從未斷訊。原來從哪點停斷，現便從那裡接起。

然後有一天，她忽然來電，說她已一個月來吃不好、睡不好，胃的位置老是疼。怎麼照胃鏡、檢查，都找不出原因。現她只能天天喝流質的營養乳，坐著睡，人瘦了十幾磅。我直覺情況不妙，問：「那醫生怎麼說？」

「她要我痛時可以吃止痛藥。但我不敢，我怕沒有痛的感覺，便再也找不出痛的原因了。」

還好，她堅持。終於查出她得的是淋巴癌。那天，經過一整天手術下來，證實了壞消息，候診室親友當場落淚。我追出去問醫生：「是第幾期？」他回頭沉默數秒，說：「我只能說不是二、三期！但仍可進行化療醫治。」他並告訴我，E在手術室中清醒後，也已問知實情，但表現得十分平靜。

E是真平靜。先就決定這消息絕不能讓台灣八十多歲、有心臟病的父母知道。然後憑她多年電腦工作訓練，她開始上網查資料，主動了解她自己的病情，以及什麼治療最有效，生存率是多少？一些醫術用語又是什麼意思？

每次去醫院看她，她都正忙於主動問護士打什麼針，找洛城最專精的某個醫護人員，做某種醫療器材的更動，或調查某個醫生……，甚至，連病房都要求調動換成單人病房，且可得到保險的支付。全然不似一般病人一躺下，便成了待宰羔羊，坐以待斃。

我常想，若輪到我，以我一向奉醫生為權威的情況下，今天恐怕早死於「胃病」了，還死得不知所以。

接下來一次次的化療，蝕骨削肉，原本便瘦的E，更瘦得剩一張皮了。但她眼睛仍大而有神，脂粉不施的臉也依然清秀。看她臉色、精神上都感覺不出「病態」，我話語上自然也沉重不起來。有時都忘了她得的是讓人聽了會屏息一刻的：淋巴癌！好似她只是生了一場病，正在療養之中。

結果，隨著她標準的配合，療程順利進行，癌細胞一點一點地乾淨了。她預約兩個單身朋友，報名參加遊艇度假。想在全部治療結束後，一起慶祝她的生日。但是，人算不如天算。

在最後一次化療時，又檢查出E另一部位有淋巴癌跡象，而且更大、更凶險。這次，她得轉院至南加著名的「希望之城醫療中心」，換血、換骨髓。

我們的心一下沉落，落入黑暗的深谷。

也是由此我才知「復發」在癌症中的恐嚇力。它讓你深刻感覺「病魔」是活的，是有生命力的，是掙扎著被推出又張牙舞爪地反擊回來，而且還夾帶更加兇猛的一股勢力。是眞正考驗人意志與勇氣的下一階段。

在E換血前，和幾個朋友去看她。她此時頭髮已完全脫落。這方面她也算是得天獨厚了吧！沒有秀髮、沒有化妝，容貌一無遮掩，卻純純淨淨，仍是清秀佳人一個。

這是一個說什麼都覺太重或太淺的場合，幾個朋友便揀輕的說。當時E光著頭，一襲醫院淺淡藍花的病人袍子，有點置身事外地笑著聽我們言不及義。她望來像已卸除一切世俗，純淨得像個孩子，苦難並未賦予她對生命的世故，比如說：怨天尤人、多愁善感，或掛慮猜疑。她額上、笑裡，仍是那種應不屬於她的舒展，像一個孩子，雖然前景更詭變多端。這方面，她也算是得天獨厚吧！

那一刻，我很想握著她的手，告訴她：「我還沒準備好失去妳呢！我捨不得失去妳！」

當然，苦難的旁觀者，多半比較世故。對心裡的話，我未語一詞。

轉院後，換血手術比較複雜，亦牽涉到免疫系統易受感染，我是少數可去看望照顧的。每次去，入病房前要先洗手，戴上口罩，才可進去。一個層層與世全然隔絕的環境，卻也是與人世悲慘最短兵相接之處。

走廊上，隔壁房裡，所見之病人個個仙風道骨。輕飄飄，瘦伶伶，且透著久不見天日的蒼白。死亡的的陰影好似潛伏四處，聞得到，觸得著。

因E需要輸血，我也躺上了捐血的床。四顧這陌生環境，發現那裡怕是生命中最荒涼的地方了。一張又一張的床，夾在冰冰冷冷的輸血儀器中。有人抽，有人輸，一個個陌生人像電影《駭客任務》樣，並排躺在那接著管子。機器抽出所要的血小板，再把剩下的血輸回。整個室內只有此起彼落機器的跳動聲音。我因血管太細，針插不準，多次血塊堵塞管子，拔了，再重來，拔了，再重來，手上青紫了一大塊。折騰了大半天才弄完，想到E每天都要受這樣的苦，不能說不心疼。

在此地，時間可以說是最不存在了，完全地由生活抽離出來處理生命，只有健康人才有不耐煩的權利。病人則全馴服地一任承載生命的血，流進、再流出、流進、再流出……。

一日，我初次輕輕地問E：「會不會怕？」一個我一直不敢碰的問題，怕提醒了她形勢險惡。

「剛開始不會，這一次會有一點。」她誠實地說。然後她告訴我，初次發現癌時，她並不絕望。她只盡力地想怎麼做個好病人，「做」她能做的一切，認知中就覺得自己應可走得出來。所以「復發」是個打擊！也是個她不習慣的失控！迫使她理解到生命實在並不掌控在她的手裡。不管她做什麼，主權都在上帝的手中，她必須放手，交託出去。

她在告訴我什麼？我有點不安。我發現原來癌症初發的第一階段，E掙扎的是在她「身體」層面。而現在，在她「復發」的第二階段裡，她開始關注到她的「靈魂」狀態了。這意謂著什麼？

那天回家路上，由花木扶疏的高速路210，右轉上了行經荒山漠地的605，我忽然體會到，苦難基本上，就是由原本生命岔出去的改道，而且是一條回不了頭的路。一個永遠的生命改變。而在生命中面對改變與面對挑戰，說實在是一樣可怕。但直到我們承認懼怕，我們無法接受挑戰。也只有在我們承認懼怕之後，才會在心中深處觸及那眞正的底線：其實，我們已一無所懼。

我亦開始了解苦難中的「平靜」與「平安」的差別了。平靜可以是樂天知命，或是個人意志與情感的化妝。但情緒控制無法戰勝恐懼。只有對自己的軟弱有所認識與了解，不再逃避死亡，而是站住，直視死亡的事實，再由信仰中支取對抗的力量，才會有眞正的平安。

我禱告E能有眞正靈魂中的平安，那種「雖然行過死蔭的幽谷，也不怕遭害」的平安。

後經過多少磨難，終於，E總算又走出來了。

兩年後，有天午後，我們坐在暖陽下的板凳上。E的頭髮已長到耳邊，她閒閒地對我說起，若有天她走了，追弔不要鋪張，不收花籃，若有奠儀，可以轉捐給她現在支持的幾個慈善機構。不舉行追思禮拜，只在墳地旁有個簡單的基督教儀式……，我打斷她，「等一下，追思禮拜多半是爲了安慰活人，不是爲了死者。所以爲了我們，就讓我們有一個嘛！」兩人嘻嘻哈哈地講著「後事」。也都知此事有可能發生。

但我們也多少算飽經世故了。知道人由苦難中倖存，實是萬幸。但倖存後還帶著顆完整的心與更寬闊的生命視野，則絕非幸運，而是靠著更大的力量。就是因著這信仰的力量，使她的靈魂堅實，生命轉角也許正吐著死亡的蛇信，但她無懼，依然能在荒原中開出血色鮮麗的紅玫瑰花，於風中，屹立、招展。

INK PUBLISHING 文學叢書 075
擦身而過

作　　者　莫　非
總 編 輯　初安民
責任編輯　王玉萍
美術編輯　許秋山
校　　對　王玉萍　高慧瑩　莫　非

發 行 人　張書銘
出　　版　INK印刻出版有限公司
台北縣中和市中正路800號13樓之3
電話：02-22281626
傳真：02-22281598
e-mail:ink.book@msa.hinet.net
法律顧問　漢全國際法律事務所
林春金律師

總 經 銷　成陽出版股份有限公司
訂購電話：03-3589000
訂購傳真：03-3581688
http://www.sudu.cc
郵政劃撥　19000691　成陽出版股份有限公司
印　　刷　海王印刷事業股份有限公司

出版日期　2004年12月　初版
ISBN 986-7420-41-1
定價　180元

國家圖書館出版品預行編目資料

擦身而過／莫非 著.－－初版,
－－臺北縣中和市：INK印刻,
2004〔民93〕面；　公分（文學叢書；75）

ISBN 986-7420-41-1（平裝）

855　　93021295